De l'Amour

comme s'il en pleuvait

Edition : BoD - Books on Demand 12/14 rond-point des Champs
Elysées 75008 Paris Imprimé par BoD – Books on Demand,
Norderstedt

ISBN : 9782322085422

Dépot légal : dernier trimestre 2017

Azel Bury

De l'Amour
comme s'il en pleuvait

Novella

*Les gens, on les aime tout de suite
ou jamais.*

Christian Bobin
La folle allure (1995)

1

Il pleut encore… La terrasse est bondée. D'une oreille discrète, j'écoute les supplications de mon amie. En même temps, je regarde les gens qui nous entourent. Il y a des groupes d'amis, des familles, des gens tout seuls ou en couple. Celui-là est bien mignon. Les cheveux un peu trop longs peut-être, il devrait les couper, au moins sur les côtés et puis changer de pantalon, quelle horreur, ce jean déchiré. Son copain, à côté, n'est pas mieux. Un geek à lunettes, comme on en voit dans les séries américaines : le gars accro à ses applications sur son smartphone, avec des lunettes qui lui mangent le visage et une coiffure improbable. Rien de bien folichon, quoi !

Je ressens soudain une douleur dans les côtes. C'est le coude de Lisa et elle l'a bien pointu. J'en renverse presque mon soda light.

— Aie !

— Hey, tu m'écoutes, Annette ? Arrête un peu de mater les mecs !

— Je ne mate pas, j'observe. Et ne m'appelle pas Annette en public ! Mon nom, c'est Anne. Compris ?

Je déteste quand *Lison,* ah ah, m'appelle par mon nom de bébé, surtout à la terrasse du café, à l'heure du déjeuner, avec tous ces touristes, avec tous ces possibles rencards. Même si elle a l'habitude de l'utiliser depuis l'école primaire, privilège des amis d'enfance. On se connaît depuis tellement longtemps.

Nous sommes toutes les deux secrétaires chez *ASCOTT Révélations*, THE magazine populaire branché à la mode qui cause des stars, des gens de la haute, des riches héritiers… Un vrai délice de magazine quand on aime le genre potins.

Nous ne sommes pas dans le même service, alors on déjeune ensemble dès qu'on peut, Lisa et moi. Surtout le vendredi, c'est devenu notre rituel. C'est l'occasion pour elle de me raconter ses bobos et ses joies hebdomadaires, ses rencontres, ses disputes. Je l'écoute, toujours d'une oreille, pas toujours compatissante, je l'avoue.

— OK, Annette, ça y est, tu es remise de tes émotions ? Bon, alors ?

— Alors quoi ?

— Tu n'as rien écouté, ma parole ! Ce soir ! La soirée ! LA soirée !

Une vraie adolescente… On a pourtant fêté son anniversaire le mois dernier : un quart de siècle. Une catherinette, aurait dit ma grand-mère.

Croyez-le ou non, Lisa, Lison, Lisette, cette belle brune incendiaire, désespère à l'idée de rester célibataire et écume consciencieusement toutes les fêtes privées ou publiques, invitée ou pas, histoire de rencontrer, peut-être, ce qu'elle appelle un GMPC, un Grand Méchant Prince Charmant.

Ah, le GMPC ! L'homme idéal : viril, beau ténébreux, intelligent et gentil. Un pur fantasme pour midinettes, de celles qui lisent trop de romances à trois sous. Pour l'heure, Lisa a des aventures sans lendemains qui chantent, plutôt matins chagrins, avec des coursiers mignons-couillons et des sportifs « cours-après-moi-que-je-t'attrape », et des tombeurs professionnels, et je suis là pour ramasser les miettes, à chaque fois.

Une soirée de plus à se taper de la mauvaise musique et à croiser des gens bourrés… quel pied ! Vraiment pas envie, pas ce soir. Pas après cette journée, où je lutte depuis neuf heures ce matin contre une imprimante à laser qui ne veut pas fonctionner, où m'attend cet après-midi une réunion des plus barbantes avec le chef de service. Quant à cette soirée, j'ai comme l'impression que Lisa y tient beaucoup. Un peu trop.

— Doucement, Lisa… C'est à quelle heure, déjà ?

— Vingt et une heures pile.

— Ah, zut…

— Quoi encore ? La piscine est fermée, en soirée. Pas d'excuses bidons, tu veux !

— J'ai ma série, ce soir ! Tu sais bien…

Je vais peut-être lui faire pitié ?

— Non, mais tu déconnes grave ! T'as intérêt de venir sinon, ma parole, je t'ignore pendant une année complète !

— Oh, mais c'est chouette ça ! MERCI, MERCI !

Elle se met à rire en me faisant les gros yeux…

— Non, mais arrête ! Tu viens et puis c'est tout ! C'est dans les quartiers chics, tu verras, c'est huppé.

— Je n'aime pas les quartiers chics, c'est mortellement ennuyeux… Et il pleut !

— Prends un parapluie ! Ce n'est pas si mortel, quand même, et puis tu ne peux pas savoir, menteuse, tu n'y as jamais mis les pieds !

— Oh si, deux ou trois fois, avec toi… Rappelle-toi cette fois où…

— Ça ne compte pas ! Deux vieilles fiestas pourraves qu'on aurait dû éviter… Avec que des vieux bourges mariés et pas rigolos… Mais c'est rien, ça, Louloute ! C'est l'expérience ! C'est l'métier qui entre !

— Tu ne m'as pas écoutée, comme d'habitude !

— Si je devais t'écouter, ma vieille, on ne sortirait jamais !

Elle a raison, mais j'ai envie d'aller à cette soirée comme d'aller me pendre. Il est évident qu'on va encore s'y ennuyer à mourir, qu'on va encore croiser les mêmes personnes, les frères Barutel et les cousines Trémois, et qu'on va se faire draguer par des lourdingues, comme d'habitude. On sortira de là plus désespérées et plus seules que jamais. Surtout elle, désespérée, et surtout moi, seule. C'est un cercle vicieux, une quête sans fin. « On va finir vieilles filles », pleure Lisa, en retouchant son maquillage.

Personnellement, ça m'est bien égal. Mes soirées en tête-à-tête avec moi-même me comblent de joie. Je peux ainsi manger ce que je veux, regarder mes séries préférées à la télé sans que personne ne me dispute la télécommande, me lever à pas d'heure le week-end, ne pas faire le ménage de tout le mois ou lire un bouquin dans mon bain pendant des heures (enfin… si j'avais une baignoire !), ça ne dérange personne. Je suis tranquille.

La vie se déroule comme une autoroute à deux voies : je suis sur celle de droite et je n'ai aucune envie d'embrayer. Je les vois toutes, les copines, les collègues, foncer droit dans le mur de la destinée… Elles sont heureuses pendant six mois, un an, et puis c'est le chaos, la descente aux enfers, la rupture et la dépression. Non, merci, pas pour moi. J'ai choisi mon camp. Lisa aussi. Elle a choisi le camp adverse.

— Max sera là ! Je t'en ai parlé ! Toute seule, ça ne va pas être possible de l'accoster, j'aurai l'air de quoi ?

— Qui c'est, encore, ce Max ?

— Il bosse chez Ascott. Tu as dû le croiser une fois ou deux, je t'en ai déjà parlé. Un beau brun ! Du service rédaction.

Elle me fait un clin d'œil. Je ne me souviens pas de ce qu'elle a pu me raconter sur Max, mais il doit travailler à la pige probablement, pour la rubrique « chien écrasé » du journal. Elle adore rôder dans le service rédaction : elle, petite secrétaire du service comptabilité, les reporters baroudeurs, ça la fait tripper. Elle se voit bien, accompagnant l'un de ces journalistes *people* dans un grand hôtel du bout du monde, pour interviewer ses stars préférées. C'est sûr que les reporters de guerre, ça l'attire moins, curieusement. De toute façon, il n'y en a pas chez *ASCOTT Révélations*. Je prends mon ton préféré : le sarcastique.

— Hum… S'il y a Max, alors, ça change tout !

— Allez, arrête ton ironie ! Sois sympa, fais-moi plaisir et viens.

Elle me regarde avec ses yeux de chien battu, auxquels je ne peux résister.

— D'accord, je t'accompagne. Mais c'est la dernière fois !

— Promis !

Elle promet à chaque fois, et je cède à chaque fois.

On se donne rendez-vous chez moi en soirée. C'est pratique, elle supervise mon accoutrement. Elle emporte toujours quelques accessoires mode, pour me décorer comme un sapin de Noël. La moitié de son salaire doit passer en bijoux, colifichets divers, maquillages et talons aiguilles.

Je vais encore rater mon épisode de Game of Thrones.

À vingt heures, Lisa arrive, toute pomponnée. Elle s'est mise sur son trente-et-un, et n'a pas fait les choses à moitié. Le décolleté pigeonnant de son petit haut rouge vif me rappelle qu'il faut que j'achète un Wonderbra, et ses fesses rebondies, moulées dans une jupe en cuir noir, me crient : *arrête le chocolat !* Elle est parfaite, avec ses cheveux remontés dans la nuque, et ses mollets de danseuse.

Dans mon petit ensemble mauve et blanc, j'ai l'air d'une cruche, mais j'accepte volontiers le rôle de la bonne copine faire-valoir. J'y vais pour elle, à cette soirée, le reste ne me concerne pas. Lisa n'approuve pas ma tenue et elle sait bien me le communiquer :

— Mais Annette, tu vas faire comment pour tomber sur le GMPC avec ton… truc de mémère ?

— Lison, j'ai vingt-six ans, je ne vais ne pas m'habiller en adolescente attardée… OK ?

— QUOI ? Je fais adolescente attardée ?

Je la regarde de haut en bas.

— Ce n'est pas ce que je voulais dire…

— Mais tu le penses fortement !

— OK ! Mais toi, ça te va bien, c'est ton style !

— Si tu le dis !

— Si tu fais la tête on peut rester ici, et regarder Game of Thrones, tu sais ?

— Pas question ! Arrange-toi un peu, Mémé, viens, je te mets un peu de rouge à lèvres, tu vas me faire honte ! Et ce collier ira bien avec ton… truc... parme ! Non, mais, Annette, du *violet* !? C'est plus à la mode depuis au moins 1993 !

Je me laisse faire, vaincue. Une fois satisfaite de mon apparence, assurée que je ne lui ferai pas trop honte, elle m'entraîne dans les rues de Paris, sous une bruine incessante, en trottinant sur ses talons de quinze centimètres. Je bénis mes ballerines plates et mon grand parapluie.

— Nous ne sommes pas si loin, vingt minutes de marche à tout casser. Rue de Surène. On y va à pied ou on attend un taxi ?

— Va pour la balade, ça sera toujours ça d'économisé. On va chez qui ? Chez ton Max, là, le beau pigiste ?

— Je ne sais pas, mais c'est les beaux quartiers, oui, pas particulièrement branchés, par contre, plutôt le coin à ministres… Il doit connaître du beau monde, en tout cas. Si ça se trouve, c'est chez lui ! *Oh my Gosh*! Je n'ose même pas y penser !

— Mazette ! Il a quel âge, ton Max ? Soixante ans ? Parce que pour avoir un appartement rue de Surène, c'est à peu près l'âge qu'il faut avoir !

— Non, lui il est jeune, il a mon âge. C'est son anniversaire !

— Ouf ! Tu m'as fait peur… Et c'est lui qui t'a invitée ou on va encore squatter effrontément ?

— Mauvaise langue ! J'ai mon invitation, figure-toi ! Il est même passé me la donner lui-même ! Eh, oui ! Allez, dépêche-toi, ça te fera les jambes pour danser toute la nuit !

Compte dessus et bois de l'eau, pensé-je. À une heure du matin grand maximum, je serai rentrée. Seule. Comme toutes les autres fois.

Nous arrivons à l'heure, ni trop en avance, pour ne pas se faire remarquer, ni trop en retard, pour ne rien rater. Comme prévu, le quartier est chic, l'immeuble majestueux, avec des tas de grosses voitures garées dans la rue. Lisa a le numéro du digicode dans son téléphone portable, nous entrons à l'intérieur d'un vrai palace de marbre, avec ascenseur.

Au dernier étage, l'appartement nous accueille avec son hall immense au décor somptueux, ses fauteuils de cuir confortables, ses plantes vertes un peu partout, ses peintures côtées accrochées aux murs. J'ai l'impression de faire du tourisme. Je pars à l'aventure dans un monde inconnu, peuplé d'étranges individus qui parlent fort et rient aux éclats en secouant la crinière. Une sono agressive nous arrose de musique au rythme endiablé. On est loin, très loin du décor austère de ma chambre de bonne, même à seulement vingt minutes de marche. La fête bat son plein. Il y a foule. Entre cinquante et cent personnes, je ne saurais le dire. Je croise des employés du journal que je salue au passage et beaucoup d'inconnus, bon chic, bon genre.

Un buffet est dressé dans le lointain et pour l'heure, c'est tout ce qui m'intéresse, j'ai les crocs.

Lison, aux anges, comme un poisson dans l'eau, a repéré son fameux GMPC très rapidement. Elle s'arrange pour s'incruster dans le petit groupe de jeunes femmes qui semblent le vénérer.

Encore une bête de foire, ce Max… Un petit paon qui fait le beau devant un parterre de minettes en chaleur. J'en suis désolée pour Lisa, mais j'ai horreur de ce genre de mecs. D'accord, il est mignon… On ne peut pas dire le contraire. Je le trouve très classe et pas trop vulgaire. À mon avis, la concurrence va être rude pour Lisa, la lutte promet d'être acharnée. Je lui fais confiance : la bagarre, c'est sa spécialité.

Lison se met à faire du charme à l'individu nommé Max, à coup de regards appuyés et de sourires ravageurs. La belle lui fait son grand cinéma, je n'existe plus, elle m'oublie instantanément, figurante deuxième classe que je suis. Elle ne me présente même pas, l'ingrate.

Bon ! Je la laisse à ses rêves de luxe et de Max et me dirige vers le buffet qui me tend les bras, plein de coupes et de plats succulents. Des sandwiches au foie gras, des brochettes de langoustines, des… Oh, là, là, je prends trois kilos rien qu'en regardant cet étalage de tentations. C'est ma consolation pour avoir raté ma série à la télé.

Dans la foule compacte, je joue un peu des coudes pour arriver aux canapés saumon. Une blonde décolorée en fourreau satin jaune vif me gêne un peu la vue. Elle gesticule tant que j'ai du mal à accéder à la table, en grande conversation avec un bellâtre *middle-age*. Et si elle bougeait ses fesses ?

— Pardon… Pardon ? PARDON !

Je hausse la voix pour qu'elle m'entende, et littéralement, ça lui coupe le sifflet. Elle me regarde de haut, l'air pas vraiment sympathique. Du genre : « mais qu'est-ce que c'est que cette étrange chose qui vient d'atterrir dans ma conversation et dans le périmètre de ma sphère privée ? »

— Excusez-moi, je veux juste…

Je lui montre les canapés saumon.

— Oh, pardon ! Venez, Jérôme, allons plus loin.

C'est ça, des fois que je veuille piquer ton vieux beau. Le couple s'efface. Je parviens à mon but et je repars, victorieuse, les mains pleines d'une montagne de bonnes choses dont je ne soupçonnais même pas l'existence il y a juste un quart d'heure, en équilibre sur une assiette en carton ainsi que d'une coupe de champagne, frais et pétillant. C'est toujours ça de pris. *Pique-assiette*, c'est mon nom pour la soirée.

L'appartement est agencé avec goût, je dois le reconnaître. Quelque chose me gêne, dans ce luxe certain. Je sais : c'est le goût d'un célibataire endurci, vu les couleurs et les textures : du gris, du blanc, du noir, du cuir et du lin. Pas un seul bibelot, pas une seule étoffe féminine, pas un seul bouquet de fleurs. Il appartient sans doute à l'un de ces banquiers, rentiers ou politiciens, un de ces vieux danseurs friqués. Je soupire en pensant à ma chambre de bonne qui m'attend, suffocante par ce mois de juillet.

Je me fraye un chemin entre les corps mouvants, les rires et les couples enlacés, attentive à ne rien renverser de ma précieuse cargaison, tel le Titanic fendant les eaux ! Iceberg à droite ! Double iceberg à gauche ! De peu, j'évite le choc frontal avec une rousse incendiaire, ouf, c'est passé de peu ! Bien décidée à m'isoler, je me jette dans le premier couloir à gauche, au pif.

Des chambres, occupées par des groupes de filles — mais qu'est-ce qu'elles ont toutes, à changer chaque soirée en *pyjama party* de colonie de vacances ? – une salle de bain où des filles, encore, se ravalent la façade… Après un virage, dans le fond d'un boudoir, miraculeusement vide, je dégotte un petit fauteuil près d'un grand rideau de velours rouge. C'est tranquille ici, à quelques mètres de la cohue et du bruit : on entend à peine les éclats de rire et la musique. Je prends place, ne sachant où poser ma prise de guerre. Des yeux, je fais rapidement le tour de la pièce, cherchant une table à proximité pour mon assiette pleine de canapés. Je pense à Lison, j'espère qu'elle s'amuse. Quant à moi, je pense m'éclipser rapidement dès que j'aurai fini de manger ! Mais déjà, mission numéro un : poser ça quelque part…

Un petit guéridon fait miraculeusement son apparition sur ma gauche.

— Plus pratique avec ça.

La voix, grave et suave, me fait sursauter. Zut, moi qui croyais être tranquille, c'est râpé. Un GMPC égaré ? Un vieux beau qui sort des toilettes ?

— Oh, merci, c'est sympa…

Je pose mes vivres et me tourne vers l'homme qui vient de parler, prête à lui expliquer clairement que je ne veux pas être dérangée. Sûrement un relou de service, le gars qui te colle au derrière et dont tu ne peux plus te débarrasser. Alors non, Mister Relou, tu ne vas pas me gâcher la soirée. Je m'apprête à le renvoyer illico presto dans son univers, son château ou sa maison de retraite, à quelques années-lumière du mien.

C'est là que je comprends mon erreur : ses yeux sont d'un bleu glacier et en une seconde, je sais que ça ne va pas être aussi simple... J'ai l'impression de devenir écarlate de la racine des cheveux à la pointe de mes orteils.

Oh, oui, dérange-moi... Mister Pas Relou Du Tout...

Un privé nommé Stanley

La soirée était bien torchée.

Stanley mâchait sa gomme pin des Vosges en tapant de son gros doigt boudiné sur le zinc. Pablo, le barman, comprit qu'il valait mieux ne pas rigoler. Il acquiesça du menton, qu'il avait double, en montrant le fond de la salle. Stanley se dirigea tout droit vers le *back-room* où devait se tenir une réunion pas très catholique et où il n'était pas invité.

Il savait trop bien où il fourrait son nez.

Dans la mouise.

La veuve éplorée qui l'avait engagé pour trouver le meurtrier de son mari n'en avait aucune idée. Il avait accepté le job par pitié, mais surtout pour le gros paquet de dollars qui paierait ses factures, et un peu pour ses gros nibards.

Max, son indicateur l'avait rencardé. Le mort avait été tué ici, d'après quelques témoins non officiels. Le genre de témoin qui ne voit rien, ne sait rien, ne dit rien, surtout à la police.

2

Vêtu de noir, grand, la peau caramel, élégant, Mister Bogoss me regarde d'en haut, la tête légèrement penchée, parce que lui debout, moi assise. J'ai horreur d'être toisée, même par le plus bel homme de Paris. Je me lève prestement, renversant à l'occasion la moitié de ma coupe de champagne sur mon corsage. Quelle gourde ! Ce n'est pas possible d'être aussi maladroite !

Il sourit. Son visage est... intéressant. Taillé à la serpe et pourtant si doux. J'ai perdu mon assurance en cinq secondes chrono.

Je bredouille :

— Je n'avais pas vu que vous étiez là…

— Je me planque.

— Ah ! Vous aussi ?

Un large sourire illumine son visage. Rhô, là, là… Ce n'est pas possible, un sourire pareil, ce mec est *photoshopé* ! Il y a du trucage dans l'air !

— Oui, je n'aurais pas dû venir, ce n'est pas mon style de musique.

— J'accompagne une amie… Pas mon style non plus.

— La musique ou l'amie ?

— Les deux !

— Mais vous avez pensé au ravitaillement.

— Je suis maline ! Autant profiter un peu ! Ça m'a l'air d'être sacrément rupin dans la baraque, ça ne va pas leur manquer…

Il éclate d'un rire franc, en écarquillant les yeux.

Je pousse l'assiette en carton vers lui.

— Quand il y en a pour un… allez-y !

— Merci… Ouf ! J'ai ma coupe, nous n'aurons pas à partager le breuvage ! Il ne vous en reste pas beaucoup…

Je regarde mon verre à moitié vide et mon petit haut tout taché. Déjà j'étais moche, mais là je suis moche, et trempée, en plus d'être vulgaire, genre concours de t-shirt mouillé. Heureusement, mon haut de « mémère » violet n'est pas franchement un appel au stupre et à la fornication. L'inconnu m'invite à trinquer, tout sourire.

— Santé ! Moi, c'est Stanislas, au fait… Stan pour les intimes.

— Anne.

— Les présentations sont faites, on peut enfin dîner…

Je vais me perdre une nouvelle fois dans ses beaux yeux quand un cri retentit au loin :

— ANNETTE !? ANNETTE ! TU ES OÙ ?

Lisa.

J'ai failli l'oublier. Elle entre comme une panthère en chasse dans le petit salon, sa poitrine en avant, ses cheveux soyeux et ses cuisses de gazelle… Le

24

contraste est si grand entre elle et moi, qu'une pointe de jalousie m'étreint le cœur.

Elle va forcément le subjuguer.

— Ah, te voilà enfin ! J'ai cru que tu m'avais lâchée ! Anne, ma sœur Anne, qu'est-ce que tu fabriques toute seule ? On va danser !? Ah, si tu savais comme il est charmant ! Viens, viens, je t'ai cherché partout ! Je vais te présenter à Max ! Viens !

Un vrai moulin à paroles. Elle est déjà pompette.

Faudrait pas qu'elle raconte des bêtises devant mon bel inconnu.

— Lisa, je te présente…

Toute contente de lui montrer que je sais moi aussi me faire de très charmants amis, je me retourne vers…

Le vide.

Mince ! Stan a disparu.

— Je te présente, heu… une assiette pleine de canapés !

Rattrape-toi aux branches…

— C'est bien ton truc, ça : bouffer, bouffer !

Je cherche Stan du regard, mais le salon est vide… Je n'ai pourtant pas rêvé ! Où est-il passé ?

— J'y retourne, je vais tout louper à cause de toi ! Tu ne veux pas venir ? Ne mange pas trop, ça ballonne ! Et tu m'attends, hein, tu ne pars pas sans moi !

Elle repart vers la fête, en tortillant du popotin, tandis que je reste seule, abasourdie. Je me lève, bien décidée à enquêter. J'ose un petit appel discret :

— Stan ?

Pas de réponse. Il n'a pas pu s'évaporer dans les airs ? Mais il n'y a personne d'autre dans la pièce, c'est indéniable !

Déçue, je suis prête à renoncer et à admettre que la folie me guette, quand j'entends une sorte de « clic ».

Je me retourne : Stan me fait face en souriant.

— Non, mais ! Comment vous faites ça ?

— Ça quoi ?

— Apparaître, disparaître, réapparaître !? C'est Pinder, ici ? Le grand numéro de magie ?

— Je suis le génie de la lampe…

— Et moi Cendrillon, mais vous ne me ferez pas avaler une citrouille, même après minuit… Expliquez-moi !

— J'ai un secret.

Il a un sourire coquin et les yeux pétillants. Un vrai gamin.

— Un secret… Hum… Attendez voir, il y a une cachette, ici ?

Je soulève un pan du lourd rideau de velours rouge, regarde derrière, mais hormis le mur blanc, je ne vois rien. Stan rit. Des fossettes creusent ses joues… et ses dents sont alignées impeccablement.

Un ravage, ce type. Un tsunami vivant... Je me demande comment il n'y a pas déjà une troupe de filles tout autour de lui, comme autour de Max tout à l'heure.

— Allez, dites-moi votre truc, sinon je vais y penser toute la nuit, et puis toute la vie ! Ça va être l'enfer !

— Si vous pensez à moi toute la vie, ce sera plutôt le paradis.

Je reste sans voix ! Il me drague ou bien ?

— OK... je vous le dis, mais c'est un secret entre nous, d'accord ?

J'acquiesce, excitée comme une puce. Amusé, il sort un petit objet de sa poche, comme une télécommande de voiture.

— Sésame, ouvre-toi.

Un bruit d'ouverture se fait entendre... Derrière le rideau rouge, il y a bien une petite porte dérobée, invisible. Il faut tâter le mur, pour sentir un petit interstice.

— Waouh !

Une vraie gamine.

Je regarde Stan avec de grands yeux, au bord de la crise de rire... Il me fait signe de la tête, m'invitant à entrer. Sans hésiter une seconde, je me glisse sous le rideau.

La porte se referme derrière nous.

La pièce n'est pas très grande, c'est un bureau, parfaitement insonorisé, avec un petit canapé dans le fond, une large bibliothèque et un ordinateur portable allumé. Je m'approche, je lis sur l'écran « Un privé nommé St... », pas le temps de lire la suite. Stan ferme l'ordinateur d'un coup sec. Un écrivain ? Je suis un peu déçue, je m'attendais à autre chose, un lieu magique, un trésor, un truc un peu plus spécial, quoi ! Stan se met à rire, voyant ma mine déconfite.

— Vous vous attendiez à quoi ? La caverne d'Ali Baba ?

— Presque...

— Une garçonnière sado-maso, avec des menottes et des chaînes pendues au plafond ?

J'éclate de rire, mi-amusée, mi-gênée. Comme il y va ! Une angoisse me prend. J'espère que ce n'est pas un fou furieux. Ted Bundy aussi était un très joli garçon...

— C'est juste le bureau du propriétaire, je suppose...

— Exact.

— Mais comment vous connaissez cet endroit, au fait ? Il faut quand même être au courant, pour savoir qu'il y a un bureau derrière le rideau... ? Et vous avez la clé !

— Parce que c'est mon bureau.

SON bureau ?

Je tombe des nues. Comment n'y ai-je pas pensé avant ?

— Vous voulez dire qu'on est... chez...

— Chez moi. Vous êtes encore déçue, on dirait !

— Non, ce n'est pas ça… Je suis... surprise.

Je me sens comme une petite fille prise en flagrant délit de vol de confitures dans l'armoire à Grand-Mère… ! Lison ne va jamais me croire…

— Surprise ?

— Je suis venue pour accompagner mon amie, je ne sais même pas qui l'a invitée… vous ?

— Cette soirée n'est pas la mienne. C'est l'anniversaire de mon frère, Maxime. Je lui prête les lieux… Un autre verre ? On a laissé les nôtres de l'autre côté…

Maxime ? Le Max de Lisa ? Son frère ? C'est logique, un peu confus, mais logique… Je ne peux m'empêcher de rire.

— C'est très compliqué, cette affaire, Stan, pourtant je n'ai pas encore bu !

M'invitant à m'asseoir dans le petit canapé, il sort une bouteille de whisky et deux petits verres d'une niche de la grande bibliothèque…

— C'est toujours très compliqué chez les Ascott… La complexité, une affaire de famille !

ASCOTT !?

Le principal actionnaire du journal ! Le patron !? Mon Dieu, mais où me suis-je fourrée… C'est un coup à perdre son emploi, ça ! Ne jamais fricoter avec les patrons, c'est quand même la règle numéro un dans les entreprises ! Il va falloir que je lui dise que je ne suis qu'une de ses employées de seconde zone… avant qu'il se fasse des illusions et que je perde les miennes.

Je réalise que je suis enfermée dans une pièce secrète, seule, avec mon patron, en quelque sorte, et que lui seul en a la clé. L'image de Ted Bundy revient dans mon esprit. Car, c'est vrai, aussi beau soit-il, je n'ai pas la moindre idée de ses intentions. Nous ne sommes pas du même monde, et personne ne sait que je suis avec lui. Je ressens soudain un profond malaise qui probablement se devine sur mon visage.

— Vous voulez qu'on retourne dans le salon ? Je ne voudrais pas que vous vous sentiez piégée.

Il a lu dans mes pensées. C'est peut-être bien le génie de la lampe, après tout.

— C'est que Lison va se demander où je suis et je ne veux pas qu'elle parte sans moi…

— D'accord, allons-y !

Il n'a même pas eu le temps de s'asseoir… J'ai honte. Je regrette déjà ma panique idiote, mais il sourit gentiment, même pas vexé. Je me sens un peu sotte de mes pensées à son égard. J'ai envie de mieux le connaître, comme si nos deux mondes pouvaient se rejoindre, l'espace d'une soirée. L'alcool aidant, j'ose :

— Restez avec moi, alors. Ne vous planquez plus… Ce sera plus agréable pour nous deux, malgré la musique et tous ces gens.

Il me regarde et semble réfléchir deux secondes.

— Promis.

Emballé, c'est pesé ! Je crie « victoire » intérieurement et nous franchissons à nouveau le passage sous le rideau rouge.

Dans le bruit et dans l'ambiance boîte de nuit, je regrette tout à fait le petit bureau intime et si tranquille. Mais je ne vais pas lui demander d'y retourner, ce serait ridicule. Tant pis pour moi. Stan jette un œil blasé sur l'assiette en carton. Les canapés me semblent bien moins appétissants.

— Venez.

Je le suis à nouveau. Je m'en veux de paraître si docile. Je dois vraiment avoir l'air nunuche, à marcher partout derrière lui, comme un petit caniche. Dans la foule, personne ne fait attention à nous, si ce n'est quelques bombes qui se retournent littéralement sur son passage. Son passage et pas le mien. Eh, oui, les filles, c'est MOI, qui suis avec le beau ténébreux ! Pas vous ! Du large ! Je me retiens de leur tirer la langue.

Il ne salue personne et se fait le plus discret possible. Comme au journal, sans doute, parce que je ne l'ai jamais croisé avant ce soir. D'accord, je travaille deux étages plus bas, mais quand même, depuis deux ans que j'y suis, j'aurais dû au moins l'apercevoir dans un bureau ou un autre.

Je remarque au loin mon amie Lisa la tigresse en grande conversation avec sa proie. L'autre Ascott, le moins discret des deux frères. Lui, je le connais, je le vois souvent traîner dans les bureaux, plaisantant avec l'une ou l'autre. Je pensais qu'il était simple pigiste. Ils cachent bien leur jeu, chez les Ascott.

— Oh, je vois Lison avec Max ! C'est bien votre frère ?

— Oui, c'est Maxime.

— Pas le même genre…

Oups ! J'ai pensé à voix haute, et il comprend que je parle de lui. Il répond en souriant :

— Non… pas vraiment… Un peu comme vous et… Lison…

Il sourit encore de son merveilleux sourire, mi-affectueux, mi-moqueur, et m'entraîne sur l'immense terrasse. La pluie a cessé. La nuit tombe sur une vue splendide des toits de Paris et de la tour Eiffel dans le lointain. Quelques couples dansent langoureusement, au son d'un slow sirupeux.

— Une cigarette ?

— Non, merci, je ne fume pas.

— Je devrais arrêter…

Sur ces mots, Stan regarde la cigarette, la froisse dans sa main, et jette le paquet par dessus la balustrade. Je m'esclaffe :

— Au moins, c'est du radical, chez vous !

— Oui, j'ai trouvé une autre addiction.

— Laquelle ?

— Votre rire.

Un autre piège… Je n'ai pas la clé de celui-ci non plus. Gênée, je me retourne pour admirer le paysage. Pas l'habitude qu'on m'envoie des fleurs.

Un groupe de jeunes débarque bruyamment sur la terrasse. Stan semble un peu contrarié, je crois qu'il aime la foule encore moins que moi. Ça nous fait un point commun. Il se penche et me glisse à l'oreille.

— Venez, le patio n'attend que nous.

— Le quoi ?

— Un autre petit coin sympathique et secret.

Pas le temps de réfléchir, ni de répondre, il me tient par le bras et me pousse devant lui. Retour à l'intérieur, traversée du grand salon… Couloir de droite. Première porte à gauche. La cuisine spacieuse et moderne donne, derrière une porte-fenêtre très discrète, sur une petite terrasse couverte et, ô miracle, déserte.

Le patio.

Nous nous installons confortablement dans les grands fauteuils d'un salon de jardin très chic, au milieu de plantes exotiques. C'est la paix royale !

La vue sur le Sacré-Cœur est à couper le souffle…

Je ne regrette plus du tout ma série préférée…

Un privé nommé Stanley

Prenant son courage dans une main et son verre de whisky dans l'autre, il traversa la salle bondée en ce vendredi de bingo hebdomadaire.

Les femmes croisées, les jeunes, les vieilles, toutes tombaient sous son charme, immédiatement, au premier regard. Il faisait cet effet, Stanley, c'était plus fort que lui. Il en ressentait une fierté assumée, il n'avait jamais été un gros timide.

Une cohorte de filles à moitié nues, des danseuses payées à la tâche, se mirent à danser autour de lui. C'était mauvais signe. Une diversion, probablement. On voulait le freiner.

Jouant des coudes, repoussant des seins et des fesses, il parvint tant bien que mal au fond de la salle. Sans se retourner, il s'engagea dans ses méandres puants d'un couloir obscur : à droite les chiottes, dégueulasses, rejetaient comme ils pouvaient une odeur infecte. À gauche un grand rideau rouge était accroché au plafond.

C'était un cul-de-sac, un vrai piège à détective.

Prêt à en découdre, il tâta son flingue dans sa poche revolver et se dit que, décidément, il ne pouvait compter que sur lui-même.

Un clic étrange se fit entendre.

Une voix sensuelle murmura : «« Hello, beau mâle. Tu es perdu ? »

3

La soirée est agréable, je dois le reconnaître. Ted Bundy ne m'a plus effleuré l'esprit une seule seconde. Nous parlons surtout de lui, de son métier. Stan est donc rédacteur pour *ASCOTT Révélations*, l'entreprise familiale. Il gère la rubrique « Culture et Voyage » depuis presque dix ans et tente d'écrire des romans. C'est bien un écrivain. À plus de trente-cinq ans, il n'est pas marié, même pas fiancé, sans enfants. Il veille sur son frère, de dix ans son cadet, Maxime, qui vient de terminer ses études et qui fait des piges — j'avais raison ! — pour le journal. Leurs parents vivent une retraite paisible du côté de Bordeaux.

Une vie bien huilée, sans joie ni peine.

Je lui parle un peu de moi, mais je n'ai pas grand-chose à dévoiler : mon poste de secrétaire au premier étage du journal, ma chambre de bonne, ma vie tranquille, presque vide de sens, et Lisa, mon amie d'enfance, qui est là pour la remplir un peu d'inepties… J'évite de lui narrer les longues soirées à papoter sur Facebook, où j'y ai presque tous mes amis. Une vraie *nolife* ! Stan comprend que je suis aussi célibataire que lui.

— Vous vivez seule, alors ?

— Eh oui.

— Parfait ! Enfin je veux dire…

Je souris, prête à l'excuser, quand Lison apparaît dans le patio, en compagnie de Max. Ils fument une cigarette. Il faut croire qu'elle a réussi à le séduire… Elle me racontera… Elle me raconte toujours tout dans les moindres détails.

Enlacés, ils ne nous remarquent même pas.

Nous les regardons dans les bras l'un de l'autre, éméchés, certes, mais heureux d'être ensemble.

Ils s'embrassent. Nous sommes tous les deux, Stan et moi, un peu gênés d'être les témoins bien involontaires de cette scène entre ma meilleure amie et son frère.

— Sacré Maxime…

— Sacrée Lison…

Nous avons parlé en même temps, encore une occasion de rire. Les deux tourtereaux nous aperçoivent enfin :

— Ah, mais Anne, c'est toi ?

— Coucou, frangin ! Allez, viens, Lisa, on rentre… Laissons les amoureux à leur destin !

Ils repartent, bras dessus bras dessous, en riant.

À trois heures du matin, nous n'avons plus grand-chose à dire fatigués… Je décide de rentrer.

— Stan, je vais y aller, il est tard.

— Déjà ?

— Trois heures du mat…

— Ah… Je n'ai pas vu le temps passer. La soirée a été très agréable. Je vous raccompagne à votre voiture.

— Je suis venue à pied. Laissez, ce n'est pas très loin.

— Alors, je vous raccompagne à pied chez vous.

Je ne veux pas que vous fassiez une mauvaise rencontre.

— Mais non, c'est Paris, ce n'est pas le Bronx !

Il insiste.

— On ne sait jamais, vous pourriez croiser Ted Bundy.

Il lit dans mes pensées ! Panique. Il va connaître mon adresse ! Je réfléchis à la vitesse de la lumière : je pourrais le larguer à deux rues, faire semblant de rentrer dans un porche et continuer seule ? Je pourrais refuser qu'il m'accompagne ?

Mais j'en ai tellement envie, dans le fond.

Alors, lasse, je lâche la paranoïa : je connais aussi son appartement, son nom, son frère, son boulot, et même sa pièce secrète, à peu près tout de sa vie à lui, quelle importance… Il peut bien connaître mon adresse, je suis stupide. Je réponds :

— Volontiers. Avant de partir, j'aimerais m'assurer que Lison reste ici… vous croyez que c'est possible ?

— Oui, venez, si j'ai raison, je sais où Maxime l'a emmenée.

Nous parcourons les longs couloirs de l'appartement, qui peu à peu se vide. Il frappe à une porte.

— Oui ?

— Max, c'est moi, est-ce que Lison est avec toi ?

— Heu… Attends ! Tu t'appelles Lison ?

Ils éclatent de rire dans la chambre.

— Oui ! C'est Annette qui me cherche ?

Stan m'interroge à son tour :

— Annette ?

— Mon surnom !

En riant sous cape, il me fait signe de répondre à travers la porte…

— Lison, je rentre chez moi ! OK ? Tu restes ici, c'est sûr ?

— OUI !

— OK ! On se voit lundi !

Ils repartent dans un flot de rires… Bon, elle ne risque plus rien de son côté. Je n'ai plus qu'à partir du mien. Nous laissons les fêtards à leur sort.

Durant le petit trajet jusque chez moi, nous discutons de tout et de rien, sans nous presser, bien au contraire. Arrivés devant mon numéro, nous nous regardons et nous nous sourions une dernière fois…

— J'ai passé une excellente soirée, Anne… Merci.

— Moi aussi, Stan…

— Alors à bientôt, j'espère…

— À bientôt.

Au moins, ce n'est pas un adieu. Il fait rapidement demi-tour et part sans se retourner.

J'en ai le cœur serré.

Je vais passer la plus mauvaise nuit de ma vie.

Un privé nommé Stanley

Gasp, il était fait.

Probablement qu'elle tenait un automatique et qu'elle allait tirer son dernier coup. Il se retourna, prudent. La sueur coula sur son front légèrement dégarni. Il aurait dû rester dans la salle à danser le french cancan.

La surprise lui fit cracher sa gomme.

Devant lui se tenait la plus fantastique des créatures : une femme.

Une brune, comme on en faisait plus. La mode était au blond, celle-ci avait résisté à l'appel du platine, c'était plutôt bon signe.

Des miches à bouffer du pain tous les jours. Des jambes comme des promesses de paradis.

En guise de flingue, elle était armée d'une assiette garnie de sandwiches. Il plongea ses yeux dans les siens.

Des yeux noirs d'une profondeur abyssale.

Si Pablo le barman n'était pas entré à ce moment-là, il aurait pu s'y noyer.

4

Les jours suivants, mon moral est descendu au quatrième dessous. Je suis en manque, mais de quoi ?

Le rire de Stan. Les yeux de Stan. La voix de Stan.

Au bureau, je fais les choses qu'on me demande de faire, je réponds aux coups de fil, aux courriels, aux SMS, comme un zombie. Je guette dans les couloirs une apparition de Stan, mais rien. Il ne va pas changer ses habitudes pour moi. Il m'a déjà oubliée. Je résiste à l'envie d'aller fouiner au dernier étage, l'étage des rédacteurs. Mais si on me demande ce que je fais là ? Et si je le rencontre, je dis quoi ?

Des milliers de questions me trottent dans la tête.

Un enfer.

Lors notre déjeuner en tête-à-tête du lundi, Lison m'a tout raconté dans le moindre détail son aventure avec Max. Comment elle l'a séduit, et arraché à la meute des femelles en chaleur, comment elle l'a embrassé, comment il l'a entraîné dans sa chambre, et comment ils ont fait l'amour toute la nuit.

C'est une torture…

Mais je suis ravie pour elle. Ils ont beaucoup de points communs et les mêmes ambitions dans la vie. Ce Max n'est finalement pas un mauvais bougre. Elle pense que ça va durer et c'est tout le mal que je lui souhaite. Elle l'a eu, son GMPC, et elle ne va pas le lâcher de sitôt.

Elle se rappelle vaguement d'un grand brun en noir à mes côtés sur la terrasse, mais ne se souvient de rien de plus précis, elle avait bien trop bu. Cela m'arrange.

Je les garde pour moi, les détails. Elle n'est pas obligée de savoir que je me suis pris un râteau phénoménal avec le propre frère de son petit ami juste à l'entrée de mon immeuble.

Car voilà, le départ précipité de Stan, je l'ai pris comme un râteau.

Sans me l'avouer, OUI, j'ai espéré qu'il m'embrasse, OUI, j'ai espéré qu'il monte avec moi, qu'on finisse la nuit ensemble. OUI, j'ai espéré qu'il me rappelle le lendemain pour me parler encore de mon rire. Ça m'aurait fait marrer, justement…

Au lieu de ça, je suis toujours seule, oubliée, verte de jalousie, à rêver d'un Stan Ascott fantôme… à croire qu'il n'a jamais existé. Le génie de la lampe a dû y retourner.

Lison a réussi à trouver un amoureux.

J'ai juste réussi à déprimer.

J'ai décidé de ne plus y penser. Surtout après la mésaventure d'hier. La semaine a passé dans une brume de sentiments mitigés et il a fallu que je fasse l'idiote.

Je suis allée fouiner au 4e étage.

Curieusement, personne ne m'a arrêtée pour me demander mes papiers, mon laissez-passer, un mot de passe ou une autorisation du Président de la République, du FBI et du KGB, comme je m'y attendais. Les gens ont tous été polis, en me croisant. Faut dire qu'avec mon tailleur gris souris, je suis passée discrètement.

J'ai donc fouiné. Le 4e étage est aussi grand que les autres, évidemment, mais il y a beaucoup moins de bureaux. C'est l'étage des grands reporters et des rédacteurs en chef. La plupart sont en vadrouille dans d'autres régions ou pays. J'ai repéré un grand poster mural avec la répartition des bureaux :

S. Ascott : 4-3

Ce devait être le bureau de Stan.

Quand je suis arrivé devant la porte 4-3, elle était entrouverte. Je n'ai pas pu voir qui était à l'intérieur, mais j'ai surpris une conversation.

— Oui. Mais oui, d'accord, comme prévu, alors, je nous prends rendez-vous chez François, je réserve une table. On parlera de tout ça ! Bon courage pour la suite ! Et, viens seul, je vais avoir des choses à te montrer. Ah, oui, j'avais oublié ! Bon, j'en profite pour te checker à ce moment-là alors.

Je n'ai pas entendu de réponses, mais j'ai eu juste le temps d'apercevoir une grande blonde qui est sortie du bureau en riant et en claquant la porte.

J'ai quitté le 4e étage sans me retourner.

Ce soir, alors que je m'apprête à passer une soirée sinistre devant la télé, Lison au téléphone, m'annonce qu'elle vient me chercher pour aller chez Max et Stan avec elle : une petite soirée dans l'intimité, sept ou huit amis. Mais c'est Maxime qui nous invite, Stan ne sera peut-être pas là…

Après deux secondes de réflexion, je refuse la mort dans l'âme.

— Quoi ? Et pourquoi non ? Tu as quelque chose de prévu ?

— Oui ! Un suicide !

— Arrête de déconner ! C'est quoi, le problème ?

— Le problème, c'est qu'il n'a jamais rappelé.

— Mais qui ?

— Stan !

— Stan, le frère de Max ?

— Oui, je t'ai dit que j'avais passé la soirée avec lui, non ? Tu n'as rien écouté !

— NON ? Mais c'est génial ! Je ne savais pas que c'était lui ni qu'il te plaisait à ce point ! Tu m'en caches des choses ! Ton GMPC ! Nom de Dieu ! Max ne m'a rien dit !

— Max ne s'en rappelle pas non plus, certainement. Donc, il n'a pas rappelé, dis-je !

— Mais quand tu lui as donné ton numéro, il l'a bien enregistré sur son portable ? Tu l'as vu faire ? Des fois, on se loupe ! Surtout quand on boit, hein… ça m'arrive souvent !

— Quand je lui ai… donné… oh MERDE !

— Quoi ?

— Je ne lui ai jamais donné mon numéro… quelle idiote je suis…

— Ah ben, il ne risquait pas de te rappeler ! Écoute, tu veux que je demande à Max ? Je l'appelle ! Tu veux ?

— Non ! Ne demande rien, j'ai ma fierté… Même sans mon numéro, il aurait pu passer…

— Hum… Tu es sûre ?

Jamais à l'improviste, c'est certain.

—… Non. Tu as raison, il n'aurait pas osé… Mais pourquoi il est parti si vite, aussi ?

— Il avait envie de faire pipi ?

Nous éclatons de rire… décidément, Lison a réponse à tout… !

— Ou il te respecte trop pour vouloir abuser de la situation ! Tout le monde n'est pas comme Max ou comme moi, à coucher dès la première nuit… Et puis ça fait une semaine à peine ! Laisse faire le temps ! Je suis sûr qu'il sera là, ce soir ! Tiens, s'il tient à toi, il sera là ! S'il n'est pas là, c'est qu'il ne te mérite pas !

— J'espère que tu as raison…

— Ah ah !

— Quoi ?

— Tu es amoureuse !

— Non !

— Si !

— Bon, d'accord, il me plaît bien…

— Écoute, tu DOIS, venir à cette soirée sinon tu le regretteras toute ta vie ! Je te connais trop bien !

— Mais tu es certaine qu'il sera là ?

— hum… non. En tout cas une chose est sûre : si tu n'y vas pas, tu ne le verras pas ! Et il faudra que tu m'expliques un truc.

— Quoi donc ?

— Dis-moi, Annette, comment tu as fait pour chopper un GMPC avec un ensemble mauve aussi moche ?

Nous éclatons de rire… Je promets de réfléchir à son invitation. Elle me laisse deux heures. Et m'embarque chez Stan, la mort dans l'âme.

Pour changer, il pleut.

Nous nous dirigeons vers la rue de Surène comme la semaine dernière. Ne voulant pas en faire de trop, c'est une soirée privée et intime, je me suis habillée simplement, comme au bureau, ce qui contrarie mon amie :

— Et comment tu veux le séduire, si tu t'habilles comme une souillon ? Tu aurais pu faire un effort !

— Une souillon ! Comme tu y vas ! La dernière fois, c'était comme une mémère, il y a du progrès ! C'est propre, fonctionnel, et voilà !

— Mais ce n'est pas JOLI !

— Ce n'est pas joli ?

— Non c'est même très moche !

— Bon, je n'y vais pas alors…

Je fais mine de faire demi-tour, vexée comme un pou.

— NON ! C'est moche, mais toi, tu es plutôt pas mal… ! La preuve, même avec un sac-poubelle, tu emballes ! Ha, ha !

— Ah ! Rattrape-toi aux branches ! J'y vais alors ?

— Tu y vas, oui ! Et comment ! D'ailleurs, on y est. C'est vraiment très près de chez toi ! Pratique !

Elle me fait un clin d'œil appuyé. Oui, c'est vrai que ça peut être… pratique.

Nous n'arrivons ni en avance ni en retard, comme à l'accoutumée avec Lison. Max nous accueille : il embrasse Lisa à pleine bouche et me fait la bise. Il nous invite à prendre place dans le salon, occupé par une huitaine de personnes seulement.

Dont Stan.

Mon cœur se fige dans ma poitrine lorsque je l'aperçois. Tout de noir vêtu, comme la semaine dernière, il est en grande conversation avec une blonde ravissante…

Celle du 4e étage.

Oh, non ! Ce n'est pas possible. Qu'est ce qu'elle fout là ?

Lison me tape dans les côtes - c'était sa spécialité :

— Tu vois ? ELLE, elle sait se fringuer… ELLE !

La fille est effectivement trop bien sapée… Petit tailleur crème, des jambes bronzées, des seins qui débordent… Le genre Lison, en blonde.

— Mais tais-toi donc, tu vas nous faire repérer !

Trop tard… Stan tourne la tête. Quand il me voit, son visage s'illumine. Mon cœur manque exploser.

Je fais genre, l'air de rien…

— Oh Stan, quelle surprise ! Vous ici ?

Lison me tape encore dans les côtes. J'entends ma petite voix intérieure « évidemment, idiote ! On est chez lui ! » Je me sens très bête, en plus d'être très moche. Tout sourire, il se lève et me touche l'épaule, brièvement.

— Ravi de vous revoir, Anne… Je vous présente Sophie, une amie. Sophie, je te présente Anne, une…

Il hésite, en me regardant dans les yeux, de son regard bleu acier… Un vrai tueur. Déjà bien atteinte la semaine dernière, je vais forcément succomber. Il va m'achever.

—… Une amie.

La main de la blonde est molle. J'ai horreur des gens avec les mains molles… Je prends place à côté d'elle, c'est la seule place restante autour de la table. Je subis sans mots dire leur grande conversation. Ça parle de voyages, d'articles, de conférences. Apparemment, elle est reporter dans le même journal que Stan, au même étage que Stan. Peut-être dans le même bureau que Stan… Je suis rongée de jalousie. Je me souviens de leur conversation… Ces deux-là sont intimes, c'est clair et net.

Au bout d'un moment, j'ai fini toutes les cacahuètes et mon verre est vide. La blonde parle, parle… Lison me fait les gros yeux, en prononçant silencieusement « vas-y ! » Mais elle veut que j'aille où ? Elle m'agace et me met mal à l'aise… On a vraiment l'air de deux gamines à se faire des signes et des mimiques de loin… Ce début de soirée est horrible. Moi et Stan séparés par la blonde, Lison avec son amoureux de l'autre côté de la table, je m'ennuie ferme. Je regrette d'être venue. Au moins, je suis assurée au sujet de Stan : je ne l'intéresse pas plus que ça. Une certitude de plus…

La blonde rit fort et propose à Stan d'aller fumer sur la terrasse. Il répond qu'il ne fume plus.

— Grâce à Anne… J'ai arrêté depuis une semaine.

Tiens, il se souvient de mon existence… Je hausse un sourcil.

— Ah bon, vraiment ? Mais par quel miracle ? Vous avez un « truc », Anne ?

Elle se tourne vers moi, faussement étonnée.

— Pas vraiment, non… C'est mon rire, paraît que c'est addictif.

Stan se met à tousser…

— Pourtant, on ne l'entend pas beaucoup !

— C'est réservé aux privilégiés.

Aucune envie d'entamer la conversation avec elle. Un ange passe. La blonde me regarde, regarde Stan, qui lui, regarde son assiette, penaud… Il y a du gaz dans l'air. Elle se lève prestement.

— Bon, en attendant les réconciliations moi, je fume !

Les réconciliations ? Elle parle de qui ?

Stan se lève aussi, il va la suivre, forcément. Je soupire. Tellement fort qu'il me demande en murmurant :

— Vous vous ennuyez, Anne ?

— Non, ce n'est pas ça… je ne suis pas très en forme, désolée.

— Moi, je m'ennuie… On s'en va ?

Il s'accroupit à côté de moi et me touche le poignet, doucement. Sa main est fraîche. Un vrai électrochoc. J'ai les cheveux qui se dressent sur la tête, des frissons partout.

— Heu… ? Vous voulez partir où ?

— La pièce secrète pour commencer… chuchote-t-il en souriant.

Ne me laissant pas le choix, il m'entraîne dans le couloir presque en courant. J'ai le temps de voir Lison me faire un « pouce » levé avec un clin d'œil appuyé. On se croirait sur Facebook… si elle pouvait brandir un panneau « I LIKE », elle le ferait.

Fort heureusement, nous disparaissons de sa vue et longeons les couloirs, vides cette fois-ci. Je reconnais le boudoir et le lourd rideau rouge.

« Clic ».

Stan me pousse dans le petit bureau, littéralement. La porte se referme sur nous. Je me retourne.

Il se tient devant moi, les jambes écartées, défiant. Un combattant prêt à la lutte… Qu'est ce qu'il lui arrive ?

Il murmure :

— Anne, Anne, Anne, bon sang…

— Hein ? Qu'est-ce qu'il vous prend… ?

Je ne le reconnais plus, il a l'air bizarre ou furax, ou je ne sais quoi, tout dépenaillé, la chemise à moitié ouverte, il est peut-être saoul ? Les cheveux en pétard, le regard noir, son portable à la main… il a l'air…

So sexy…

— Il me prend que… j'ai cru que je ne m'en sortirais jamais, avec Sophie ! Vous m'avez sacrément manqué cette semaine… Donnez-moi votre numéro. Fissa.

Quel ton péremptoire ! Je suis abasourdie.

— Heu… oui… mon numéro… de téléphone ?

— Non, votre numéro de carte bancaire et de sécurité sociale… Ceci est un hold-up !

En voyant mon air estomaqué, il éclate de rire.

— Mais oui ! Votre numéro de téléphone ! J'attends.

Je m'exécute rapidement. Il range alors son portable, se tourne vers moi et reprend son ton doux et avenant.

— Une bonne chose de faite, je ne vous perdrai plus…

— Vous ne m'avez pas perdue, vous aviez mon adresse…

Je ne peux m'empêcher d'avoir un petit ton de reproche dans ma voix.

— Oui, mais quand même, quand on se trouve à l'autre bout du monde pour un reportage, c'est plus pratique, le téléphone…

— Un reportage !? Vous étiez en reportage ?

Je repense au 4e étage… Une conversation téléphonique ! Voilà pourquoi je n'ai pas entendu de réponses : Sophie était seule dans le bureau.

Elle ne parlait même pas à Stan, si ça se trouve.

— Toute la semaine, oui… à Los Angeles, pour Channel Twelve, une chaîne locale. Je suis rentré ce matin. Je ne savais pas si vous viendrez ce soir, mais j'ai espéré… Ce dîner était une véritable torture !

— Ce n'est pas votre… petite amie alors ?

— Sophie ? Non… J'ai une nouvelle petite amie, mais ce n'est pas Sophie…

Une nouvelle petite amie ? Oh, merde… Tout s'écroule en une seconde.

Je ferme les yeux… ça ne va donc jamais finir… il a une petite amie !

C'est foutu, râpé, cuit… je n'ai plus qu'à rentrer chez moi et à pleurer. Je soupire.

— Quand vous soupirez comme ça, c'est que ça ne va pas… Je commence à vous connaître.

Je me tourne vers la porte, déconfite.

— Il faut que je rentre.

— Non, pas déjà ?

— Si.

— Non, j'ai la clé.

Quel culot ! J'éclate :

— Laissez-moi sortir. Tout cela est ridicule. Vous avez une petite amie. Vous voulez quoi de plus ? Rendez-moi mon numéro, d'abord, et allez donc la voir… *Elle a dû sacrément vous manquer, cette semaine…*

Je suis en colère. J'en ai assez d'être le dindon de la farce, ou plutôt la dinde de service. Je ne mérite pas ce manque de respect.

Même moche et mal fringuée.

J'ose un œil dans sa direction. Il sourit, tout content de son effet ! Bon Dieu, qu'est-ce qu'il est sexy… sa bouche… Je chasse cette idée bien vite.

Il me répond doucement :

— Et moi, est-ce que je lui ai manqué, cette semaine ?

Quelle question ! Je n'en ai absolument rien à cirer !

— Allez donc lui demander.

Il éclate de rire… Cet homme est fou, ou quelque chose dans le genre… Il répond de sa voix la plus douce :

— C'est ce que je suis en train de faire : Anne, est-ce que je vous ai manqué, cette semaine ?

J'ai peur de comprendre… Et je comprends d'un coup d'un seul… Idiote que je suis…

Il parle de moi ! C'est MOI, sa nouvelle petite amie !

— Oh… pardon, je suis vraiment confuse…

Zut, il faut encore que je m'excuse ! Une vraie carpette… je me déteste. Je ferme les yeux. Je ne sais plus quoi faire, me retourner, parler, me taire, pleurer… je suis pétrifiée.

— Anne. Regardez-moi…

Je me tourne lentement vers lui…

C'est à ce moment précis que Lison en profite pour hurler à travers la porte :

— OH ! VOUS ALLEZ BIEN LÀ-DEDANS ? HOU, HOU ! ÇA VA, LES AMOUREUX ?

Sacrée Lison… Je me mets à rire. Stan fait de même. Elle nous sauve du ridicule.

— Oui oui, ça va ! On discute !

— Ils « discutent » ? Non, mais, elle a dit « discute » ? Ou « dispute » ?

— Je crois qu'ils rigolent, ça va. On peut retourner au salon… Tu vois que ce n'est pas un tueur en série, mon frangin !

Dans le fou rire, Stan s'est rapproché de moi… Il pose ses mains sur mes épaules et plonge ses yeux dans les miens.

— Un tueur en série ! Rien que ça…

— Elle est un peu trouillarde, Lison, mais elle est gentille…

— Elle prend soin de son amie, c'est normal…

— C'est vrai…

— On en était où ?

— Je ne sais pas, on se disputait ?

— Comme des amoureux ?

— Peut-être bien, oui…

Comme dans un rêve, Stan me prend enfin dans ses bras.

Comme dans un rêve, parce qu'en réalité, pas du tout.

Un privé nommé Stanley

La brune cachait bien son jeu, sandwiches ou pas.

Elle appuya sur un interrupteur à distance caché dans sa jarretière. Dans un «clic», le même que tout à l'heure, le mur s'ouvrit en deux.

Ce satané barman était dans le coup et c'est lui qui tenait le flingue. Je n'avais pas le choix. Je suivis le chemin qu'on me montrait plutôt agréablement. La paire de fesses me précédant annihilait toute envie de fuite.

J'étais hypnotisé.

Perdu dans mes pensées, je me demandais vraiment ce que je foutais là, et quel était le rapport avec ma veuve éplorée. Nous arrivâmes dans un souterrain éclairé à la torche, qu'il fallut suivre durant de longues minutes. On entendait les rats dans les canalisations et des crissements lugubres dans le lointain.

Devant une grande porte de bois aussi brut que Pablo, la beauté du diable se retourna enfin.

Elle demanda son flingue au barman, qui le lui céda dans regret.

5

Évidemment, rien ne se passe jamais comme je le désire…

Au moment où Stan pose les mains sur mes épaules, quelqu'un hurle au feu, et de la fumée noire et épaisse entre dans la pièce. Nous évacuons l'appartement en courant. La fumée vient des étages supérieurs. Je récupère mon sac, et sors dans la rue avec tous les autres.

On se retrouve comme des andouilles sur le trottoir. Max et Stan sont au premier rang, et nous sommes derrière, un peu sous le choc. Le feu est vorace et attaque la charpente de l'immeuble avec une rapidité étonnante. Heureusement, le temps est à la pluie : les toits sont mouillés. Les pompiers arrivent enfin, et s'assurent que personne n'est resté coincé dans les étages. Il n'y a rien à faire pour le moment, seulement observer le travail incroyable des sauveurs. En quelques minutes l'incendie est maîtrisé.

Mauvaise nouvelle, l'immeuble est impraticable, le temps que les pompiers vident les lieux et que les experts fassent leur petite enquête de routine.

« La fête est finie, il n'y plus qu'à rentrer », soupire Lisa.

Naturellement, elle offre d'héberger Max, qui accepte. Sophie propose le gîte à Stan. Et, oh, joie, il refuse.

Tout le monde se sépare… Stan se porte volontaire pour me raccompagner. Il ira dormir à l'hôtel, après. Nous marchons d'un petit pas, comme pour retarder une fois encore la séparation. Je suis rassurée, il a mon numéro. Au bord du malaise, je pense à l'inviter à passer la nuit chez moi. Il n'a pas le choix, ce n'est pas possible qu'il me laisse en plan une fois de plus.

Tremblante, je me lance :

— Stan, dormez chez moi, si vous voulez.

— C'est une proposition alléchante, mais je ne peux pas. Je repars demain, avion à 6 h 14 exactement.

Ce n'est pas possible. Il ne prend jamais de vacances ?

— Ah non… pour où ?

— Pologne.

— Avec Sophie ?

— Bingo…

Et merde… Elle m'aura gâché la soirée jusqu'au bout celle-là…

— Anne, je ne couche pas avec Sophie. D'accord ?

— D'accord…

— Je reviens dans trois jours.

— Parfait.

— J'espère que mon immeuble sera toujours là.

— Le mien le sera, en tout cas… Vous avez l'adresse.

Regards entendus. On arrive rapidement devant chez moi… Va-t-il enfin m'embrasser ?

Il me regarde dans les yeux. Sous la lumière du réverbère, les siens sont encore plus profonds.

— Anne, Anne, Anne…

— Stan, Stan, Stan ?

— Je suis timide, vous savez ?

— Vous, timide ? Vous plaisantez ?

— Si, si, je vous jure…

— On ne dirait pas…

— J'ai un grand service à vous demander. Gardez-moi les clés de l'appartement, je vais récupérer mon matos au journal. Je dormirai là-bas et je file directement à l'aéroport. Passez chez moi demain quand vous pouvez, et notez les éventuels dégâts, pour les assurances, je n'ai pas pensé à demander à Max et il va être assez occupé ce week-end, on dirait…

– D'accord.

– Je vous téléphone de Pologne demain soir, si je peux… Et je rentre dans la nuit. Vous pouvez m'attendre chez moi… Si ce n'est pas trop massacré ou inondé.

C'est le week-end, je peux m'offrir un petit séjour dans le luxe. C'est une chance que je ne peux pas laisser passer. Ma chance.

– Très bien.

– Merci… J'y vais… on se voit lundi au pire.

Ce n'est pas possible de le laisser partir comme ça une fois de plus. Je refuse.

– Stan, restez !

C'est le cri du cœur ; il me regarde l'air surpris et amusé à la fois ;

– Est-ce que c'est un ordre ?

– Pour une fois que c'est moi qui ordonne quelque chose…

– Hum… vous avez un réveil-matin, d'accord ?

– Oui… j'ai un réveil.

– Je ne peux pas louper l'avion, d'accord ?

– D'accord. Je vous ferai un café.

– Vu comme ça…

Il sourit… Je lui prends la main. Premier contact direct. C'est chaud et électrique. Atomes crochus.

On grimpe les étages dans le silence. Ma chambre de bonne doit bien faire le centième de son appartement… La chaleur y est suffocante…

J'ouvre le vasistas afin de faire entrer un peu de la fraîcheur de la nuit. Stan a l'air choqué…

– Excusez le désordre…

– Comment vous pouvez vivre dans un endroit aussi petit ?

– Pas les moyens de vivre ailleurs… C'est cher, les loyers, à Paris. Vous payez bien un loyer, vous ?

– Pas vraiment. L'appartement appartient à mes parents…

– Vous êtes un privilégié, bienvenue dans la vraie vie, Stan… La chambre est petite, mais le lit fait exactement la même taille que le vôtre…

– Vous croyez ?

Parler du lit nous rappelle qu'on va dormir ensemble…

Dire qu'on ne s'est pas encore embrassé…

J'éteins la lumière, et sous la lumière tamisée de la lune à travers le vasistas, je prends le temps de me déshabiller devant lui, je n'ai pas le choix. Il fait de même, et rapidement nous nous retrouvons l'un en face de l'autre, de chaque côté du lit, en sous-vêtements…

– Un vrai couple de vieux !

On prend place dans le lit, en riant. Lui à gauche, moi à droite… Je pense à mettre le réveil à sonner pour 5 h 15… il me prend dans ses bras…

Un vrai couple tout court.

– Racontez-moi…

– Quoi ?

– Je ne sais pas, ce que vous voulez… l'histoire de la porte dérobée ?

– Alors, l'appartement est très ancien, c'est un quartier qui date d'avant Haussmann. Cet immeuble appartenait à un comte sans fortune. C'était un hôtel particulier. Il paraît que…

J'écoute ses explications pendant quelques minutes, et je m'endors comme un bébé, sans connaître la réponse à ma question.

Un privé nommé Stanley

La brune parlait au larbin qui hésita deux secondes et rebroussa chemin. Me pointant dangereusement de son arme, la femme fatale me jeta un trousseau de clés de fer forgé pesant au bas mot 564 grammes que j'attrapai au vol.

- Ouvre ! dit-elle avec un accent légèrement exotique, de Normandie peut-être, Honfleur, probablement.

Je m'exécutai poliment d'une main, tandis que de l'autre, je vérifiai discrétos la présence de mon colt détective spécial que j'avais furtivement planqué dans mon calabar.

Elle me poussa avec fermeté dans une grande pièce aux murs de pierre. Une véritable salle de torture, digne du KGB. Au plafond pendaient des menottes et des cordes.

Malgré le parfum entêtant de la donzelle, ça ne sentait pas bon pour mon matricule.

Nous patientâmes quelques instants.

Pendant ce temps, je l'observai encore un peu, sachant que peut-être mes derniers instants étaient arrivés, je la remerciai presque d'une telle vision enchanteresse.

6

La nuit a été courte. Je m'éveille à huit heures et demie, seule. Stan est parti. Il n'a pas laissé le réveil sonner assez longtemps pour que je l'entende, prévenant.

Quelle étrange nuit…

Je l'ai passée à dormir dans les bras d'un homme qui ne m'a jamais embrassée. Ce n'est pas banal… Mais je suis contente d'avoir su le retenir, un peu. Il va revenir. Non : il va ME revenir, nous aurons toute la vie devant nous pour nous découvrir.

T'es faite comme un rat, ma vieille : amoureuse.

Week-end oblige, je savoure ces heures tranquilles et encore fraîches du matin. J'en profite pour faire de la lecture, du rangement, prendre une douche et me pomponner un peu.

À dix heures, mon téléphone sonne. Un SMS, numéro inconnu.

Bien arrivé Pologne, pense à vous.

Stan

Mon cœur s'emballe. Je note son numéro dans mon répertoire. Je l'ai enfin, son numéro ! Je résiste à l'envie de lui répondre immédiatement. Il faut faire durer le plaisir, l'exquise morsure de l'attente.

À midi, Lisa m'a passé un coup de fil, curieuse comme une pie. Je lui ai raconté la fin de notre soirée. Elle est contente pour moi, j'ai vaincu la blonde prétentieuse, hourra ! De son côté, c'est le grand amour avec Max, qui m'aime bien, paraît-il.

On bavarde comme deux gamines, deux adolescentes… Nos GMPC sont quand même les plus beaux GMPC du monde !

Plus tard dans la journée, comme promis, je suis allée rue de Surène chez Stan, pour constater les éventuels dégâts. Les pompiers ont bien pourri le hall de l'immeuble, mais l'appart n'a apparemment subi aucun sinistre. L'incendie a été rapidement maîtrisé. Je suis soulagée.

Je fais sans me presser le tour du propriétaire. RAS tout est nickel, seule une odeur de brûlé persistante marque certains endroits.

Je prends le temps de nettoyer les restes de notre repas de la veille : tout est resté en plan.

Comme je l'avais remarqué lors de la soirée, cet appartement est vraiment luxueux : quatre grandes chambres, deux salles de bain, deux petits boudoirs, le tout dispersé sur deux ailes autour d'un grand salon et de la cuisine, sans compter la pièce secrète. L'endroit a accueilli une cinquantaine de personnes, et vide, il semble plus immense encore. C'est Versailles ! Il doit occuper le dernier étage en entier. D'un côté, la grande terrasse donne sur la tour Eiffel, de l'autre, le petit patio abrité offre une vue incroyable sur le Sacré-Cœur. Notre patio.

J'envoie donc un SMS à Stan :

Hello, Stan, appart OK, RAS.
Je reste ici pour la nuit comme prévu.
Je t'embrasse

Mince, sans faire attention, je suis passée au tutoiement. Après une nuit dans ses bras, j'imagine que ça n'a plus grande importance… La réponse est immédiate :

Tant mieux pour l'appart, je suis soulagé.
Ne pars pas, attends-moi.
Des loves.

Des « loves » ? Quelle expression débile… Je ris.
Un second SMS arrive dans la foulée :

Fais comme chez toi, fouille partout, je m'en fous.
Chez moi = chez toi

Il me prend pour qui, enfin ? J'ai une tête à fouiller partout ? Réponse immédiate :

Stan, je ne suis pas une fouilleuse, je sais me tenir

Il répond aussitôt :

: D ITW dans dix minutes
tu me manques déjà

Il se fout de moi, il me teste, alors, je décide de jouer à son petit jeu.

Suis en train d'ouvrir la pièce secrète.
Je vais fouiller partout.
Où sont les cadavres ?

Sa réponse est énigmatique :

Tu les trouveras dans le petit meuble
à gauche de la biblio
ITW 5 min

Je me lève d'un bond et vais chercher les clés. Dans le trousseau, Stan a laissé la télécommande du verrou de la pièce secrète. Je m'y précipite…

« Clic », une pression sur le bouton et la porte s'ouvre. L'odeur de fumée flotte encore dans la pièce…

Dépêche-toi, ITW 2 minutes

Je remarque l'absence de l'ordinateur, dommage, j'aurai bien lu le roman de Stan, en cachette. Le petit meuble à gauche de la biblio… deux tiroirs. Le premier est le bon. Au milieu d'une pile de carnets griffonnés, Stan a laissé une lettre qui m'est adressée.

Une enveloppe blanche toute simple avec mon prénom dessus.

Mais quand ? Je remets les choses en place chronologiquement… après l'incendie, ce n'est pas possible. Donc, c'était avant… Incroyable, il a bien calculé son effet… Et si c'était une lettre de rupture ? J'ouvre l'enveloppe avec crainte et excitation à la fois.

« Anne, Anne, Anne…

Ça fait des années que je vous attends.

Ce frisson venu de je ne sais où, ce truc innommable qui comble toutes mes failles…

Ce puissant analgésique qui calme toutes mes douleurs…

Des années que je vis comme un con à côté de mes pompes…

C'est une découverte. Je découvre "ça" comme on découvre un paysage nouveau, comme on lit un autre livre.

Comme on apprend une autre langue.

Je ne sais pas le dire.

Vous m'apprendrez.

Jusque-là, c'était de la chair contre la mienne.

Avec vous, c'est mon âme contre votre âme.

Stan »

À l'intérieur de moi, tout éclate en morceaux.

Personne ne m'a jamais écrit quelque chose d'aussi beau… Personne ne m'a jamais dit des choses pareilles… Je reste abasourdie, anesthésiée, choquée, la lettre tout contre mon cœur, ne sachant quoi faire de tous ces mots… Il faut que je m'assoie avant d'avoir une crise cardiaque. Je cherche une chambre, en espérant tomber sur celle de Stan et pas celle de Max…

J'ouvre les portes, et je reconnais son parfum, c'est là. Un grand lit, bien plus grand que le mien, trône au milieu de la pièce, trois fois plus large que ma chambre de bonne… Le lit est défait. Je me couche à sa place, la tête dans l'empreinte de la sienne, dans son odeur sur l'oreiller, je suis sur mon petit nuage, et je finis par m'assoupir… la tête et le cœur pleins de sentiments.

Je suis réveillée par l'arrivée d'un SMS. Stan.

ITW terminée, je rentre
As-tu trouvé le cadavre ?

Je réponds du tac au tac :

Je t'ai trouvé toi
Reviens vite

Moi non, plus je ne sais pas le dire.

Stan me réveille au petit matin… Je sens son corps chaud et nu contre le mien. Surprise, je dois faire un effort pour m'extirper du sommeil, me rappeler où je suis. Le petit jour éclaire doucement son beau visage fatigué.

– Stan, enfin…

– Pas la force de parler, je suis crevé… dormir.

Le baiser, c'est pas encore pour tout de suite…

Il s'endort immédiatement, collé contre mon dos. Son visage dans ma nuque. Je n'ose plus bouger, de crainte de le déranger. Mais il dort du sommeil du juste… Son bras tombe lourdement en travers de mon flan. Je n'ai plus qu'à me rendormir, prisonnière.

Le soleil asperge la chambre vers les dix heures… Je me blottis dans les bras de Stan, caressant sa poitrine musclée. Il ouvre les yeux, l'air surpris. Et il se souvient de moi. Ses yeux bleu glacier scrutent mon visage, ses mains sous le drap commencent à explorer une contrée jusque-là inconnue de lui. Mon corps réagit à ce désir avoué. Le sien montre des signes de bonne santé masculine.

Stan enfouit sa tête dans mon cou, embrassant chaque centimètre de ma peau. Il descend un peu plus bas, cueillant dans ses paumes les fruits offerts… Je m'abandonne complètement. Stan est doux, tendre, attentif. L'amour suinte de tous les pores de sa peau. Chaque caresse est rendue au centuple.

Soudain, il s'arrête net.

« Anne… ? »

Ses lèvres s'approchent des miennes, doucement, tandis que nous faisons l'amour.

C'est notre tout premier baiser.

Un privé nommé Stanley

Elle regardait sa montre toutes les cinq secondes, impatiente. Et ils arrivèrent.

Deux géants avec l'accent alsacien, les pires de tous. Armés de perceuses et de scies, ils n'étaient pas là pour rigoler.

Je n'allais pas rigoler non plus.

Je n'eus pas l'occasion de fuir ni de me défendre. Un grand coup sur la tête eut raison de ma lucidité.

Je m'éveillai dans des douleurs atroces, ligoté dans un dispositif aussi ingénieux que cruel. Une parfaite machine de mort.

Un des gros s'exprima enfin :

« Hannah, il faut commencer la séance. Le temps presse. »

Quelques heures plus tard, je n'étais toujours pas mort.

Je pensais à la brune. Hannah, qu'elle se nommait ! Un prénom fruité qui sentait bon les îles.

Mais pour l'heure, les îles étaient encore loin. Je songeai à la raccompagner. Après tout, elle m'avait sauvé la vie, dans la salle de torture. Elle avait bien caché son jeu jusqu'au bout.

7

Celui de droite est vraiment pas mal, mais son regard est bien moins intense que le regard de Stan. Celui de gauche n'a rien d'attirant, bien que charmant, il n'arrive pas à la cheville de mon beau reporter. Comme à son habitude, Lisa me fiche un coup de coude dans les côtes pour me faire descendre de mon petit nuage.

– Alors, raconte, tu vas vivre chez lui ?

– Oui, ma belle !

Stan a insisté pour que j'emménage avec lui.

C'est encore plus près de mon boulot, et cela me fera économiser une certaine somme d'argent non négligeable. J'ai décidé d'accepter, à condition de partager les frais. Il est hors de question que je vive à ses crochets. Je suis amoureuse certes, mais pas soumise. Fort heureusement, je n'aurais pas à m'occuper du ménage ni de la cuisine. Stan a une employée qui vient deux fois par semaine, et manger au restaurant fait partie de ses habitudes. Je me sens comme une princesse de conte de fées.

– Quelle chance, ça va te changer de ta chambre pourrie… T'as pas peur ?

– Peur de quoi ?

– Et si ça ne marche pas ? Et si dans deux mois, ça foire ? Tu vas te retrouver à la rue ! Ça craint, c'est trop rapide ton histoire, ça fait quoi ? Un mois à tout casser que vous êtes ensemble !

– Holà, Cassandre, je t'arrête immédiatement !

– Dis que j'ai tort !

– Non, tu as raison... Mais qui ne tente rien n'a rien, c'est toi qui me l'as appris... Ne t'inquiète pas. Je viens de donner mon préavis, je lâche la chambre dans trois mois. Si ça ne marche pas d'ici là, je la garde.

– D'accord ! L'air de rien, tu as tout prévu... Oh, comme je t'envie !

– Et toi, ça marche avec Max ?

– Oui ! Mais il ne m'a pas invitée à partager son appart... Il s'est incrusté chez moi ! C'est tout à fait différent !

– Normal, il n'a pas encore de pied à terre bien à lui. Et il n'a pas voulu nous déranger... après tout, s'il est chez toi, c'est à cause de moi...

Pour une fois, c'est elle qui déprime un peu. Moi, je suis aux anges.

Les semaines suivantes, la vie me semble toujours aussi belle et l'avenir radieux. Stan ne rentre pas tous les soirs et s'envole souvent à l'autre bout du monde, mais dès que possible, on se retrouve tous les quatre, les deux frangins et les deux copines. Lisa et Maxime passent de plus en plus souvent. Nous improvisons des dîners sur la terrasse, des pizzas parties, des soirées *trivial poursuit* à mourir de rire.

Après l'une de ces soirées de pur bonheur, Stan a eu une idée géniale :

– Dis-moi, Anne… et si on leur disait de rester pour de bon ? L'appart est assez grand, il y a les deux ailes, deux salles de bain… ça te ferait de la compagnie quand je ne suis pas là, et un peu plus d'espace pour Lisa et Max.

– Waouh ! Je n'y avais pas pensé ! Tu crois que ça peut marcher ?

– On les connaît, non ? C'est mon frère, il est chez lui ici, autant que moi, finalement. Lisa l'adore, et elle t'adore aussi. Si ça te dérange, c'est différent, ne te sens pas obligée de supporter toute la famille !

– Non, ça ne me dérange pas du tout. Au contraire. C'est super généreux de ta part.

– Alors, adjugé. On va leur proposer la colocation.

C'est donc deux jours plus tard, lors d'un de nos dîners improvisés, que Stan leur a fait la proposition.

Lisa a sauté dans l'appartement en criant comme une folle pendant dix minutes. Son rêve se réalise. Maxime est ravi aussi :

– Songez un peu, les amis, je vais pouvoir faire une fête par semaine ! Avec une super sono ! Je connais un bon DJ ! Mes copains vont être ravis !

Nous le regardons tous avec un air plutôt pas aimable, ce qui le fait éclater de rire.

– Relax, je plaisante ! Ah, ce que vous êtes drôles !

– Tu plaisantes, ah ouais ! Attends un peu ! Crétin !

Et voilà nos amoureux partis à se courser en riant à travers l'appartement.

Stan m'enlace tendrement. Sa voix se fait presque nostalgique :

– Tu crois que c'est ça qu'on appelle le bonheur ?

– Je ne sais pas, mais ça y ressemble…

– Pourvu que ça dure…

– Il n'y a pas de raison pour que ça s'arrête… si ?

– Aucune, rassure-toi. À moins d'un incendie… et encore on se retrouvera à quatre dans ta chambre de bonne, ce sera très bien !

– Ah ! Ah ! Ce que tu es drôle ! Presque autant que Max ! Vous avez un humour de folie dans la famille Ascott ! Ça vient de ton père ou de ta mère ?

– Tu peux te moquer, tu le sauras bien assez vite !

Stan étouffe mon rire d'un baiser passionné.

Un privé nommé Stanley

J'avais cru ma dernière heure arrivée quand soudain, prise de je ne sais quelle lueur d'intelligence inespérée venue du fin fond de son cerveau, elle tourna l'arme vers les deux abrutis et tira dans le tas.

Le tas tomba.

Je restai stupéfait. Sur le coup de la douleur - j'étais quand même suspendu par des chaînes à trois mètres au-dessus d'un chaudron de lave en fusion, je criai :

- Ohohohohooooooo !

Elle répondit :

- Stanley, ne bougez pas, je vais vous sortir de là.

Obéissant, je restai donc prisonnier de mes entraves, stoïque, mais pas pour longtemps. Elle fit jouer quelques savantes manettes, et je me retrouvai bien vite libéré et dans ses bras.

- Oh Stanley, j'espère que vous me pardonnerez.

- Garce, vous méritez une déculottée.

- Si j'en avais.

- Quoi ?

— Une culotte.

— Oh !

Mais déjà nous entendions au loin la cavalerie rappliquer.

Pas le temps de batifoler.

8

Le mois de novembre est arrivé, le froid s'est installé dans Paris en même temps que Lisa et Max dans l'aile droite de l'appart. Nous reprenons nos habitudes de vie, tous ensemble, dans un bonheur absolu.

Maxime continue ses piges, et Stan ses reportages à l'autre bout du monde. Dans ces moments-là, je reste seule pendant trois ou quatre jours maximum, mais jamais tout à fait puisqu'il y a Lisa et Max pour me tenir compagnie, désormais.

Nous avons eu plusieurs fois la visite de collègues reporters : ils hébergent Stan à Los Angeles, à Rome ou à Sidney, on les accueille à Paris pour une nuit, parfois deux. C'est plaisant, ces gens sont intéressants, et nous racontent des histoires incroyables.

Stan fait selon moi le plus beau des métiers. J'adore ses récits de voyage et encore plus ses photos. Son boulot est complexe et prenant. Je l'envie. Quand il revient, c'est à chaque fois une fête, de véritables retrouvailles. Ces séparations obligatoires mettent du piment dans nos vies.

Et puis un soir, Adriel a débarqué. Le début des ennuis.

Trente-huit ans, Canadien, il bosse pour une boîte de Los Angeles, sur une émission qui parle de fantômes et de phénomènes paranormaux. Il paraît que c'est à la mode et que les gens en peine de spiritualité se rabattent sur le spiritisme.

Cependant Adriel ne fait pas encore tourner les tables, c'est dommage, ç'aurait été une expérience amusante. Enfin… peut-être pas pour tout le monde.

Il y a quelque temps, Adriel a eu des problèmes avec un tueur en série qui a failli avoir sa peau, en Écosse… Il en est sorti traumatisé, et a un peu de mal à reprendre pied dans la vie. Le boulot est devenu son seul refuge.

Stan nous a briefés avant qu'il arrive, pour ne pas qu'on pose trop de questions, ou qu'on mette les pieds dans le plat avec nos gros sabots. Il se méfie surtout de Lisa, qui parfois est tout sauf délicate…

Adriel, donc, a débarqué chez nous, un vendredi à dix-huit heures tapantes. Grand, le crâne rasé, l'air un peu sauvage, Lisa est tombée immédiatement sous le charme, je l'ai tout de suite remarqué.

Ses mains tremblent, sa voix aussi, et elle fait tout pour éviter son regard. Une vraie gamine ! Bien qu'elle fasse tout pour masquer son émoi, il est évident que le week-end va être problématique. Après les présentations, et l'installation d'Adriel dans la chambre d'ami, dans l'aile droite de l'appartement, je la piège dans la salle de bain, pour mettre les choses au clair.

– Lison, faut qu'on discute !

– Oui, heu… de quoi ?

– De ce qui est en train de se passer.

– Il ne se passe rien, de quoi tu parles ?

Elle froisse la serviette de toilette dans ses mains, bredouillante. Je ne la reconnais pas.

– Il se passe quelque chose avec Adriel, ou je me trompe ? Ne me mens pas, je te connais comme ma poche.

Elle avoue immédiatement :

– Oh misère, Annette, je ne sais pas ce qu'il m'arrive, je l'ai vu, j'ai littéralement fondu ! Mon cœur s'est emballé, j'ai failli mourir sur place ! Je ne sais pas ce que je vais faire... Je vais m'éloigner ! C'est mieux ! Le temps qu'il reparte ! Annette ! Il faut que tu m'aides, je vais faire des bêtises...

– Calme-toi ! Tu délires complètement, et tu veux aller où ? Et qu'est-ce que tu vas dire à Max ?

– Je ne sais pas ! Oh Annette, tu as vu ses yeux ? Sa bouche ? Son crâne ?

– Son crâne ?

Je pars d'un fou rire, Lison me suit. On se retrouve toutes deux à pleurer de rire dans la salle de bain.

Stan tape à la porte :

– Ça va, les filles ? Besoin d'aide ?

– Non, merci, ça ira, Stan... On arrive !

– Dépêchez-vous, on prend l'apéro, je vous attends.

Lisa s'essuie les yeux... en effaçant une bonne partie de son maquillage.

– Merde je ne suis même plus présentable… Tu crois que je suis folle ?

– Mais non… on dirait moi avec Stan… le premier jour.

– Ah oui ? Stan t'avait fait cet effet-là ?

– Oui, bien sûr…

– Tu avais bien caché ton jeu…

– Plus que toi, c'est sûr ! Bon, tu es calmée ? Alors on va y aller, tu te mets à côté de moi, et tu ne bouges pas.

– Ce mec est un piège mortel.

– Ce mec n'y est pour rien !

– C'est son crâne.

Nous repartons en fou rire incontrôlable…

Cette fois, Maxime toque à la porte.

– Allez, les filles, sortez de là !

– Tu as pigé, tu restes entre moi et Max, tu ne t'approches pas du chauve mortel !

– D'accord.

J'ouvre la porte sur Max qui, curieux, nous demande la raison de notre fou rire. Lisa a repris de l'assurance :

– Oh ce n'est rien, des trucs de filles… Regarde, j'ai foiré mon maquillage !

– Tu es belle quand même ma chérie !

« Pourvu que ça reste entre nous… » pensai-je.

Un privé nommé Stanley

Nous partîmes, moi derrière elle, dans les dédales de l'affreux souterrain angoissant et bientôt l'air frais emplit mes poumons rouillés par la clope.

Maintenant, à l'abri des regards et des coups de feu, Hannah, belle à couper le souffle même dans sa tenue toute dépenaillée, souriait devant la porte de sa chambre de bonne. Je savais qu'elle espérait un baiser, voire plus.

Mais je n'étais pas pressé. Je n'étais pas un homme facile, moi.

Et puis j'avais d'autres chats à fouetter, mon jet privé m'attendait, Los Angeles aussi.

Je partis sans me retourner. Cette donzelle allait devoir me mériter.

Dans le salon de l'ambassadeur, on s'ennuyait à mourir. L'orchestre jouait des valses lentes qui donnaient envie de s'allonger par terre et de dormir.

La veuve me réclamait des résultats. Il fallait continuer l'enquête.

9

Il faut bien le reconnaître, Adriel est très attirant, presque autant que Stan. Il ne parle pas de sa vie privée, mais de son travail. La soirée est très étrange. Coincée entre Maxime et moi, Lisa parle peu, uniquement pour demander la bouteille ou le plat. Elle si bavarde d'habitude. Elle évite de regarder Adriel en face. Et comme elle évite aussi de regarder Max, il y a rapidement comme un malaise palpable. Au bout d'une demi-heure, Adriel s'inquiète aussi :

– Lisa, vous êtes sûre que vous vous sentez bien ? Vous avez l'air… pâle.

– Oh, oh… oh ! Oh ! Non ! Ça va !

La bouche et les yeux grands ouverts, elle fixe Adriel, et visiblement, elle panique ! Je la sauve in extremis de cette noyade en public.

– Ce n'est rien, c'est son estomac, viens, Lison, je vais te donner quelque chose…

Je la tire dans la salle d'eau, la plus éloignée du séjour.

– Je vais mourir, je vais mourir, je vais mourir, je vais mourir ! Aaaaaaaaaaaaah !

– Mais non, personne ne va mourir, respire un grand coup… tu sais quoi ? Tu vas rester dans ma chambre… d'accord ? Aucune chance de le croiser par ici, il dort de l'autre côté. Tu te reposes, tu prends un livre, tu écoutes de la musique, et il finira bien par aller se coucher. Il part demain matin.

– OK, OK, OK, OK, OK ! Ça va aller, je vais rester là, je vais dormir… Présente-leur mes excuses !

– On se voit tout à l'heure…

J'excuse donc Lise auprès d'Adriel et des autres, prétextant des douleurs d'estomac. Je rassure rapidement Max : elle a pris un médicament, pas la peine de la déranger maintenant.

Au moment du dessert, tandis que je suis affairée en cuisine, Max me demande pourquoi Lise est dans ma chambre, dans l'aile gauche.

J'explique évasivement qu'elle s'est mise là avec un bouquin à moi et qu'elle s'est endormie. Je ne vais certainement pas lui expliquer que c'est pour ne pas croiser Adriel, qui est installé dans la chambre d'ami à côté de la leur…

– Non.

– Quoi, non ?

– Elle ne dort pas !

– Elle s'est réveillée alors ? Tu es allée la voir ?

– Oui… elle est étrange. Elle fait la tête.

– Possible, oui, tu connais Lisa, elle est parfois changeante.

– Mouais… On discutera de tout ça demain. J'ai l'impression que vous nous cachez quelque chose toutes les deux…

– Non, je te jure, on ne cache rien.

– Si tu le dis.

Il est loin d'être rassuré, mais je n'ai aucune autre explication à lui donner… Au moment de sortir de la cuisine, il se retourne :

– Dis-moi, Anna… si je te pose une question, tu me dis la vérité ?

– Bien sûr, Max…

Je n'en mène pas large… j'attends fébrilement sa question en tordant un torchon dans mes mains…

– Je sais que ça n'a rien à voir avec Adriel, déjà, OK ?

Ouf ! L'honneur est sauf.

– Ni avec Stan ! Ni avec toi…

– Ni avec toi, Max, elle est juste un peu fatiguée.

Et la question tombe comme un couperet, celle à laquelle je ne pensais pas du tout :

– Est-ce que Lisa ne serait pas enceinte ?

Je manque m'étouffer sur le coup de la surprise !

– Non, non ! Du tout, Max, ne va pas imaginer un truc pareil !

– D'accord… Bon, en tout cas, si jamais elle est enceinte… sache que je ne serai pas… tout à fait…

– Oui, Max ?

– Contre ! Je ne serai pas contre ! Du tout !

Voilà ! Mais bon, ce n'est pas le souci, donc tout va bien. J'en ai les larmes aux yeux… qu'il est chou ! Il retourne au salon, et je reste seule avec mes émotions, comme une andouille, dans la cuisine. Pas le temps de me remettre que Stan entre à son tour.

– Tout va bien ?

– Mais oui, tout va bien… J'arrive avec le dessert.

J'ai les mains qui tremblent, mais je décide qu'il y a eu assez d'ennuis pour la soirée, j'assure comme un chef.

Après le repas, les hommes ont bu plus que de raison. Ça papote voyages, boulots, expériences, c'est passionnant. J'ai apporté tantôt une assiette à Lison qui mourait de faim dans ma chambre et qui ne veut surtout pas revenir dans le salon. La soirée tire à sa fin, tout le monde bâille…

Adriel est donc installé dans une des chambres d'amis, celle qui jouxte la chambre de Lisa et Max.

Comme Lisa dort dans ma chambre, il est naturel que je prenne la sienne. Vers les deux heures du mat, épuisée, je laisse les hommes en grande conversation et pars me coucher, non sans avoir bien expliqué à Stan et Max l'échange des chambres.

– On est d'accord Max : tu prends ma chambre ! Stan, on dort dans la chambre de Max, OK ?

– OK, OK, OK, Annette… Moi, je dors avec toi et Max avec Lison. Comme d'habitude quoi ! T'avais dans l'idée d'un échange coquin, ou bien ?

– Arrête tes bêtises ! Je te rappelle simplement que cette nuit nous ne dormons pas dans nos chambres !

– Mais pourquoi ?

– Parce qu'on a changé !

– Mais pourquoi ?

– Parce que… ah, mais ! Ne cherche pas à comprendre ! On a changé de chambre, c'est tout !

– OK OK, OK !

Ils n'ont rien compris du tout, ni l'un, ni l'autre : vers les trois heures du mat, je vois débarquer un Max complètement bourré, qui, dans le noir, a les mains bien baladeuses… Je hurle en allumant la lumière.

– Max ! Tu dors dans l'autre chambre ! Avec Lisa !

– Heu ? Mais je suis où ?

– Dans ta chambre, mais cette nuit, on a échangé !

– Je ne comprends rien ! Pourquoi vous nous faites des choses pareilles ? Qu'est-ce que tu fais dans MON lit, Anne ? Je pensais que tu étais une fille sérieuse ?

Bon sang… On n'est pas rendu… Je sors du lit, heureusement j'ai eu la bonne idée de mettre un pyjama, et prends Max par le bras, pour le guider, nu comme un ver, jusqu'à MA chambre, où dort Lisa.

– Mais pourquoi tu m'emmènes dans ta chambre ? Je ne veux pas dormir avec toi ! Je veux Lisa ! Lison ! Mon amour, où es-tu ?

– Elle est là ! Couche-toi et tais-toi !

Je suis prise d'un fou rire. Lison se réveille :

– Mais qu'est-ce que vous foutez, bon Dieu, on ne peut pas dormir tranquille dans cette maison ?

– C'est Max, il est bourré, il s'est trompé de lit…

– Allez, coucouche panier, mon Max…

À la vue de sa Lisa, Maxime s'effondre sur le lit et se met à ronfler.

Ouf, on a eu chaud… Je souhaite une bonne nuit à mon amie. J'entends au loin la conversation se poursuivre entre Stan et Adriel sans en comprendre le moindre mot…

Une heure plus tard, Stan, ayant oublié les consignes, débarque dans notre chambre et dans notre lit, s'installant à côté d'un Max profondément endormi. Se rendant compte de la méprise, il se rappelle alors qu'on a changé de chambre, allume la lumière deux secondes pour s'en assurer, et vient se coucher dans le bon lit, avec moi.

– Stan, c'est toi ?

– Oui… tu vas rire, je me suis trompée de chambre…

– Non ?

– Si. Je me suis même couché avec Max avant de m'apercevoir que ce n'était pas toi.

– Oh là là… Mais quelle nuit de folie ! Bon, on peut dormir maintenant ?

– Par contre, il y a une chose que je me demande…

– Oui ?

– Où dort Lison ?

– Avec Max ?

– Ah non. Elle n'y est pas.

– Tu es sûr ?

– Oui. J'ai allumé la lumière.

– Elle était peut-être aux toilettes ?

– Oui peut-être… Bonne nuit, mon amour…

Curieusement, je n'ai plus du tout sommeil.

Un privé nommé Stanley

Max m'avait parlé d'une fête avec une surprise, mais avec lui je m'attendais au pire. Il était sûr de son coup donc je l'avais accompagné.

Mon fidèle collègue était en jolie compagnie, une rousse pas farouche, et ma vieille patronne me collait aux basques depuis bientôt une heure, à me parler boulot, boulot et encore boulot. Je songeai à dire au revoir de manière prématurée à tout ce petit monde bourgeois et décadent quand la surprise arriva.

Hannah! C'était bien elle! Je l'avais laissée un mois plus tôt, languissante et chaude comme la braise, devant sa porte, comme un goujat de premier rang, et depuis, je le regrettais amèrement. Il ne fallait pas que je laisse passer ma chance à nouveau.

Elle fit mine de m'ignorer. À l'autre bout du salon, j'observais en souriant une nuée d'admirateurs tourner autour d'elle. Les piètres imbéciles. Ils ne faisaient pas le poids face à mon légendaire charisme naturel.

Un par un, Hannah les remballa. Au bout d'un temps certain, elle fut seule à nouveau. J'en profitai pour risquer une approche.

10

Au petit matin, je m'installe dans le salon, avec un livre. L'attente peut être longue. Par chance, dix minutes plus tard, je vois la porte de la chambre d'ami s'ouvrir.

Adriel.

Il est sur le départ, son sac de voyage à la main.

Je me redresse dans le canapé et il me voit.

– Déjà debout ? Il est seulement six heures.

– Je n'avais plus sommeil. Un café ?

– Volontiers.

Je me lève en tirant sur mon pyjama et il me suit jusqu'à la cuisine.

– Vous repartez déjà, Adriel ?

– Oui, j'étais juste de passage. Ma collègue Irma m'attend à Los Angeles. Nous partons bientôt.

– Pour où ?

– Asie du Sud-est. Vietnam plus exactement.

– Oh ! Encore une belle aventure ! Ils ont des fantômes, eux aussi ?

– Plein !

– Vous n'avez jamais peur ?

– Des fantômes ? Non… J'adore ça. C'est fun ! Et on rencontre des gens géniaux… Et des tueurs en série, parfois.

Il cache bien son jeu.

– Je comprends… Je devrais voyager plus souvent moi aussi…

Je sers le café chaud. Vais-je oser poser LA question ?

– On a passé une super soirée hier, je suis contente de votre visite. Il faudra revenir !

– Moi aussi, j'ai passé une excellente soirée. J'espère que votre amie… comment s'appelle-t-elle, déjà ? Lisa ? J'espère qu'elle se remettra de ses émotions.

Il me regarde avec son petit sourire en coin, beaucoup d'ironie dans ses yeux… Il a un accent craquant. Je comprends à ce moment qu'il sait tout des sentiments de Lisa à son égard, et depuis le début.

– Oh… Lison est une fille qui ne sait pas cacher ses sentiments…

– J'avais deviné. Tout le contraire de moi.

– Vous cachez vos sentiments, Adriel ?

– Comme tous les hommes… non ?

– Pas tous, non. Heureusement !

Qu'est-ce qu'il cherche à me dire ? Il me regarde de ses grands yeux noirs.

– J'ai connu autrefois une fille merveilleuse. Elle s'appelait Joanna…

– Et ? Laissez-moi deviner, elle vous a largué et depuis vous êtes comme une âme en peine, ne pouvant aimer à nouveau ? Bla-bla-bla ?

C'est à mon tour d'être ironique. Il ne se démonte pas pour autant, mais je vois dans ses yeux que j'ai touché un point sensible.

– C'est tout à fait ça…

– Pourquoi vous l'avez laissée partir ?

– Elle est morte.

Je crois que mon visage vire au rouge vif instantanément. Quelle conne je suis !

– Oh… pardon, je suis vraiment désolée… vraiment.

– Ce n'est pas grave… Vous ne pouviez pas savoir… Je vais y aller…

– D'accord.

Il me montre sa chambre du doigt.

– Je n'ai pas osé la réveiller… Vous lui expliquerez.

– Ne vous en faites pas… je le ferai.

– Adieu, Anna… Si vous passez à Los Angeles, vous êtes les bienvenus !

– Adieu, Adriel… Revenez quand vous voulez.

La porte claque, et je reste là sur mon tabouret de cuisine à touiller mon café…

Vers sept heures du mat, je vais dans la chambre d'amis, réveiller la belle endormie.

– Lison… Lisa !

– Hummm… qu'est ce que tu veux, encore ?

– Lève-toi. Bouge. Il est sept heures.

– Hummm, pourquoi tu me réveilles si tôt ?

– Parce qu'Adriel est parti et qu'il faut que tu quittes la chambre d'amis.

– HEIN ?

Elle s'assoit dans le lit d'un seul coup, se rappelant certains détails.

– Oh mon Dieu, oh mon Dieu, qu'est-ce que j'ai fait ?

– Rien du tout ! Je ne veux pas savoir ! Sors juste de cette chambre !

Elle se lève en courant, nue comme un ver et s'enferme dans la salle de bain à côté. J'ai le temps de ramasser son t-shirt, sa petite culotte, et de tout mettre à laver avec les draps.

Voilà, tout est rangé, la chambre comme la vie.

Adriel n'est plus qu'un joli rêve.

Installée à l'endroit même où le beau Canadien a pris son café, Lisa m'attend en déjeunant.

– Tu ne diras rien, hein… Tu as parlé avec lui ?

– Un peu ce matin, oui…

– Il t'a dit quoi ?

– Pas grand-chose… Il est parti et voilà. Tout est fini. On respire, on n'a rien vu du tout ! OK ?

– Merci Anna, je ne sais pas ce que je ferai sans toi…

– Des bêtises…

– Oui… Enfin là, ce n'est pas de ma faute.

– Comment ça, ce n'est pas de ta faute ?

– Je me suis réveillée en pleine nuit pour faire pipi… et je me suis trompée de chambre…

– Toi aussi ?

– Comment ça moi aussi ? Qui d'autre s'est trompé de chambre ?

– Alors le premier c'est Max, tu te rappelles je te l'ai ramené cette nuit, avant que tu disparaisses…

– Ah OK et ensuite moi…

– Non ensuite, c'est Stan !

– Hein ?

– Tu ne vas pas le croire… Stan a failli coucher avec Max ! Il a confondu les chambres lui aussi… Mais heureusement pour tout le monde, il n'a pas fait comme toi : il n'est pas resté !

Nos rires retentissent dans tout l'appartement.

Stan se lève, puis Max… On se retrouve tous les quatre autour du café, tout sourire. Je repense à ce que m'a dit Maxime hier soir… Il a cru que Lisa était enceinte… Je ne sais pas s'il faut lui en parler. Cette soirée et cette nuit ont été pleines de quiproquos… je ne voudrais pas en rajouter. Je décide d'oublier cette histoire quand Lisa se lève, pâle, la main sur l'estomac…

– Je crois que je vais vomir.

– Ah, l'alcool… !

Stan sourit. Il a oublié que Lisa est restée dans la chambre toute la soirée, et qu'elle n'a pas bu.

Lisa se précipite aux toilettes, tandis que Max me regarde, interrogatif. Il ose :

– Nausée du matin…

– Chagrin !

– Pas exactement, Stan, pas exactement…

Un privé nommé Stanley

--Salut, Beauté. Vous m'avez manquée.

--Je ne vous crois pas.

--Vous ne croyez en rien.

--En effet.

--Heu...

--OK.

Nous ne savions plus quoi dire, il était temps de passer à l'action !

Je la pris dans mes bras, son regard s'embua. Elle était bel et bien piégée dans les affres de l'amour.

Sa peau était douce et fraîche, j'allais l'embrasser quand soudain une bombe, sans doute la véritable surprise promise par les indicateurs de Max, éclata.

La guerre ne finirait donc jamais ! Visiblement on en voulait à nos vies.

Je remisai cette idée dans un coin de ma tête pour plus tard. Pour l'heure, il fallait fuir et vite !

Dans l'explosion, il y eut des morts. Beaucoup de morts. Je voyais des têtes, des bras, des jambes qui avaient égaré leurs propriétaires respectifs.

Par chance, la bombe avait explosé loin de nous.

11

Les semaines qui ont suivi ont été assez mouvementées.

Nous avons passé Noël tous ensemble, avec quelques amis. Les parents de Stan et Max sont partis à New York pour les fêtes. Nous avons donc été dispensés de fêtes de famille.

C'est nous, la famille.

Les deux frères nous ont couverts de cadeaux aussi dispendieux qu'inutiles. À croire qu'ils ont fait un concours pour savoir lequel des deux gâterait le plus sa dulcinée ! C'était touchant ! Des parfums, des livres, des jeux vidéo… Devant l'arbre de Noël, on a retrouvé nos dix ans !

Pour le Nouvel An, Max a de nouveau organisé une méga fiesta comme il adore les préparer avec cinquante invités, de l'alcool et de la musique à fond. Une de ses dernières avant longtemps : Lisa est bel et bien enceinte. De presque deux mois.

Tout d'abord, la réaction de mon amie a été de paniquer, comme d'habitude, puis de tout exagérer : elle mange comme quatre, se plaint de grossir, d'avoir des nausées, d'être surexcitée, de ne plus rien comprendre au bureau, d'être dépassée par les événements.

Max, lui, semble heureux de la situation, c'est pour lui un rêve qui se réalise, on dirait.

Stan semble mitigé, je ne sais pas s'il est vraiment heureux pour son frère. Quelque chose le chiffonne et je ne sais pas quoi. Pourtant, ils vont être père et oncle, ce n'est que du bonheur.

Et moi j'assiste à tout cela, ravie et inquiète à la fois. Connaissant Lisa, je me doute un peu du choc psychologique et physique qu'elle subit. Et si elle pleure quelquefois, ce n'est pas dû qu'aux hormones.

Pour tout dire, elle hésite encore…

– Anne ! Je ne sais pas ce que je veux !

– Moi non plus je ne sais pas ce que tu veux…

– Et si j'avais fait le mauvais choix ?

– Si tu ne veux pas de cet enfant, alors dépêche-toi d'en parler à Max… ça urge ! Douze semaines !

– Pourquoi je doute comme ça ?

– La peur de l'inconnu ?

– Oui, mais quand même, ce n'est pas normal, j'ai 25 ans, un métier, oh pas très reluisant, mais ça pourrait être pire, un fiancé adorable qui m'aime et que j'aime et qui est blindé de thunes, je vis avec ma meilleure amie et mon beau-frère dans un appartement splendide, je vais avoir un merveilleux bébé, et voilà, tout ce que je sais faire, c'est douter ! Je me déteste…

– Tu as encore quelques jours pour décider, Lisa. Je t'en conjure, parle à Max… Lui seul pourra te rassurer. C'est aussi son enfant.

– Je pense le garder… Je m'habitue doucement à l'idée. Mais toi, Annette, tu ferais quoi à ma place ?

– Je n'y ai jamais pensé… Mais si je tombais enceinte, je serais heureuse, je pense… Lisa, on est enfin de la même famille, tu te rends compte ? Nos enfants seront cousins ! Ce n'est pas génial ?

Lisa se met à rire. C'est vrai que l'idée est excitante…

– Ouais OK, mais fini les soirées de beuveries, les parties de *trivial poursuit*, les sorties en boîtes, plus de robes affriolantes, etc., etc. Nos vies vont s'écrouler, Anne, ma vie va s'écrouler et je ne me sens pas prête à tout lâcher comme ça…

– Lisa, la roue tourne… Et puis franchement, maintenant ou dans deux ou trois ans, quelle différence ? Alors d'accord, plus de soirées alcoolisées ? Et les baby-sitters, c'est pour les chiens ? Plus de robes affriolantes ? Il n'y a rien de plus sexy qu'une jolie femme enceinte ! Plus de *trivial poursuit* ? Et pourquoi donc ? Tu ne vas pas te laisser mener par l'idée que tu te fais d'un môme qui n'est même pas encore là ?

– Ah oui, vu comme ça… c'est vrai que ça m'a l'air plus sympathique… Mais des bébés, je n'en ai pas croisé souvent, on n'apprend pas ça à l'école… J'ai peur de tout foirer.

– Oui ? Hé, bien tu sauras faire, comme toutes les mères avant et après toi ! C'est l'école de la vie ! C'est naturel, ces choses-là… enfin… Je pense !

– Tu as raison… comme d'habitude…

111

– Tu vas être une maman formidable, j'en suis sûre. Enfin si tu le gardes !

Elle reste silencieuse…

C'est difficile pour elle. J'espère qu'elle trouvera la bonne solution.

Un privé nommé Stanley

J'entraînai Hannah bien vite à l'abri : par la terrasse, nous descendîmes les trois étages, moi accroché aux gouttières et elle, accrochée à mon cou. Elle était si légère que j'aurais pu en porter deux, voire trois comme elle sans tomber.

Elle me suivit dans les rues de Paris jusque dans mon lit.

Je lui offris un dernier verre avant de passer aux choses sérieuses.

Qu'elle était belle ! Qu'elle le savait !

Qu'elle était fourbe !

La petite pilule qu'elle glissa dans mon verre quand j'eus une faiblesse de vessie fit rapidement son effet.

J'ouvris les yeux au petit matin pour constater qu'elle s'était carapatée une fois de plus.

Garce !

Je ne m'étais pas assez méfié, j'avais baissé la garde trop vite. Et j'allais peut-être en payer le prix.

Dépité, j'allumai la radio afin d'avoir des nouvelles de l'explosion.

L'ambassadeur était mort. C'était terrible !

Puis le transistor se mit à chanter et je me dis que décidément le monde s'était mis d'accord pour me faire suer !

J'étais en colère.

Encore une piste foireuse, encore une fuite d'Hannah.

J'allais me servir un verre de jus d'oranges tropicales 100 % pur jus certifié bio et sans sucre ajouté, quand je vis la lettre.

Pas de doute, elle s'adressait à moi, même si la faute d'orthographe dans mon nom pouvait prêter à confusion. Je décidai de l'ouvrir.

«Cher Stanlé, n'écoutez pas ce qu'on vous dira de moi. Ne croyez pas que j'ai fui. Je vous ai sauvé la vie. Encore une fois. Vous m'en devez deux.

Avec tout mon cœur,

Hannah»

12

La semaine dernière, j'étais contrite.

Pourtant, tout allait bien, Lisa a parlé avec Max et ils ont décidé de garder le bébé. On a bu le champagne pour fêter ça. Et Stan a annoncé qu'il partait à Londres… avec Sophie.

Sophie, la blondasse qui se ramène dans ma vie sans crier gare. Je ne sais pas pourquoi Stan choisit cette fille plutôt qu'une autre pour l'accompagner. Ça me stresse énormément. Je ne devrais pas la considérer comme une rivale, parce que Stan m'a bien fait comprendre qu'il n'y avait jamais rien eu entre eux, et qu'il n'y aurait jamais rien.

Mais.

Mais je connais les hommes et les femmes. Je sais que quelques fois ils font des choses qui dépassent la logique et les sentiments. Quelques fois ils boivent de trop, ils ont des gestes déplacés, ils se perdent dans les couloirs, ils se trompent de chambre et… et ils mentent effrontément, pour se protéger, nous protéger.

Je ne sais pas ce que je déteste le plus : le mensonge ou la tromperie.

Et puis les quelques jours de séparation sont passés comme une comète, finalement. Stan est revenu, tout content. Je n'ai pas posé de question.

J'ai décidé que Sophie n'avait aucune valeur ni dans ma vie ni dans la vie de Stan. Et c'est la seule vérité.

Nous n'avons plus jamais reparlé d'Adriel avec Lisa. C'est du passé. Son ventre s'arrondit de jour en jour, et c'est un bonheur que de les voir, elle et Max, aimants comme au premier jour.

Curieusement, Lisa s'est assagie. Elle a arrêté la cigarette, l'alcool et les sorties. Max a suivi. Il grossit aussi, c'est la couvade ! Stan se moque gentiment de leurs ventres respectifs :

– Vous faites un concours ? Le plus gros ventre gagne le gros lot !

– Arrête ! Je suis sûre de gagner !

– Et tu gagnes un beau bébé, ma chérie !

– Et toi six mois de régime !

Bref, c'est la bonne humeur dans la maison.

Enfin pas tout à fait…

Mon humeur à moi, ce soir, elle est mitigée. Je ne sais pas pourquoi.

– Tu ne dis rien, Anna, tu es malade ?

– Non, non, c'est bien vos plaisanteries, très drôle, le concours de gros bides ! Je ne participe pas, hein, vous m'excuserez !

Lison s'exclame, les pieds dans le plat :

– OH, mais quelle bonne idée ! Allez, faites-nous un beau bébé, vous aussi !!! On les élève ensemble, on n'aura qu'à partager les frais : les couches, les biberons, le lait, les baby-sitters, les poussettes !

Je vois Stan qui se fige… Max se tait en regardant ailleurs.

– Quoi, j'ai dit une connerie ?

– Non, du tout… Elle a dit une connerie ? Il se passe quoi, les frangins ?

– Rien du tout !

Ces deux-là nous cachent quelque chose… Ce n'est pas possible autrement. Stan se lève précipitamment. Mais que se passe-t-il ?

– Anna, viens, il faut que je te parle.

Bon sang ! Lisa hausse les épaules, aussi surprise que moi.

– Max ?

– Anna, tu devrais y aller…

Je me lève, et rejoins Stan dans la chambre.

Assis sur le lit, il tient ses mains dans sa tête, vraisemblablement bouleversé. J'ai peur. Je m'imagine des choses, tout va à mille à l'heure dans ma tête. Il me quitte ? Il a décidé de faire sa vie avec Sophie ?

Je tremble de peur. Quelle idiote, j'ai tout gâché avec mon humeur exécrable…

– Stan ? Qu'est ce qu'il se passe ?

– Il faut que je t'apprenne quelque chose sur moi.

– C'est si grave que ça ?

– Oui.

Il se frotte les mains, il n'ose pas me regarder…

– Ce n'est pas facile, tu sais… J'ai peur de te perdre.

– Qu'est ce qu'il se passe ? Dis-moi !

Cette conversation est une torture.

– Bon OK, je ne vais pas y aller par quatre chemins : on n'aura jamais d'enfant, toi et moi.

Je me liquéfie sur place.

Voilà, il a décidé de partir, de me laisser, de faire sa vie avec Sophie… J'ai baissé la garde, je n'aurai pas dû. Ma vie est foutue.

– C'est Sophie ?

– Hein ?

– Si tu pars, dis-moi au moins avec qui…

– Mais… Anna ! Je ne pars pas !

– Mais qu'est-ce que tu racontes alors, c'est quoi si ce n'est pas Sophie ?

– Ne m'emmerde pas avec Sophie, pourquoi tu parles de Sophie ? Je te parle de moi ! Je répète : on aura jamais d'enfants, tu comprends ?

Je suis perdue…

– Il s'agit de moi, Anna, j'ai un problème depuis tout petit… J'ai chopé les oreillons.

– Non, mais c'est quoi ces conneries ? Tu me fais tout un cinéma pour m'annoncer que t'as chopé les oreillons ? Je suis désolée de te l'apprendre, mais moi j'ai chopé la varicelle ! La varicelle ! Ho, là, là, là, là ! Mais que c'est grave !

J'hésite entre la consternation et le fou rire.

– Tu ne comprends pas !

– Non !

– Je suis stérile !

Hein ? Je m'assois sur le lit. Stan tient sa tête dans ses mains, défait.

– Mais comment tu sais ça ? Tu es vraiment stérile ?

– Oui… Je suis désolé.

Tout ce qui importe à ce moment, c'est qu'il ne me quitte pas. C'est tout juste si je ne saute pas de joie !

– Stan, regarde-moi… ne t'inquiète pas pour ça… OK ? Il y a les adoptions, et puis pour l'instant je ne tiens pas à avoir un enfant… Vivons au jour le jour, on verra plus tard pour le reste !

– Je ne t'ai pas tout dit.

– Hein ? Il y a plus grave ?

– Oui, carrément !

Ça y est, il va m'annoncer qu'il est malade, gravement, qu'il va mourir !

– Max aussi.

– Hein ? Quoi, Max aussi ? Max aussi quoi ?

– Il a chopé les oreillons lui aussi.

– Ah bah, c'est la meilleure ! Il est stérile lui aussi ?

– Exactement !

– Y'a une erreur flagrante, tu ne crois pas ? Parce qu'il y a un bébé en train de pousser dans le ventre de Lisa, au cas où tu ne t'en serais pas rendu compte…

– Ce n'est pas son bébé.

– Hein ?

– Ce n'est pas possible, ce n'est pas le bébé de Max. C'est tout. Les médecins sont formels, on a subi des tas d'examens. Infertilité pathologique !

Les bras m'en tombent… J'essaie de réfléchir.

– Mais si ce n'est pas son bébé, c'est le bébé à qui ?

– Je ne sais pas ! Je ne tiens pas l'agenda sexuel de Miss Monde !

Tout est confus dans ma tête…

– Elle n'a pas couché avec 36 mecs, en même temps…

Stan me regarde par en dessous :

– Parce que toi tu tiens l'agenda sexuel de Miss Monde ?… J'hallucine…

– C'est ma meilleure amie, depuis qu'on a sept ans ! Elle me raconte tout ! Je sais tout de sa vie, plus que Max ne pourra jamais en savoir… Bon. On fait quoi ?

– On la ferme !

– Comment ça, on la ferme ? Ce n'est pas très fairplay par rapport à Max…

– Max est au courant.

– HEIN ???

– Parce que tu crois qu'il ne sait rien de sa propre stérilité ?

Logique.

– Mais je pensais qu'il croyait que…

– Il sait très bien qu'il n'est pas le père.

– Y'a un truc que je ne pige pas.

– Quoi ?

– Pourquoi il n'a rien dit ?

– On en a parlé. Il veut ce môme.

– Même s'il n'est pas de lui ?

– C'est sa chance d'avoir un bébé avec la femme qu'il aime… Il se fout bien de savoir qui est le père biologique.

– Mon Dieu, mais quelle histoire de fou ! Alors la seule qui n'est pas au courant, c'est…

– C'est Lisa.

– On est dans la merde, Stan… On est vraiment dans la merde.

On s'est couché, n'ayant pas la force d'affronter le regard de nos deux tourtereaux. Stan s'en est voulu d'avoir craqué et de m'avoir annoncé tout cela sans la moindre délicatesse… Selon lui, il aurait dû me le dire avant ou jamais. Et même si je n'attends pas de bébé, il a agi de la même façon que Max. Je ne lui en veux pas.

Avec la grossesse de Lisa, Max a saisi sa chance. Une chance d'être le père d'un enfant porté par la femme qu'il aime. C'est très généreux de sa part… Mais doit-on cacher la vérité à Lisa ? Je ne crois pas. Je ne veux pas. Je ne sais pas !

Elle ne mérite pas ça… D'un autre côté, ce serait tellement plus simple de garder cet immense secret pour nous trois, de laisser croire à Lisa que Max est le père de son bébé…

Que faire ?

Je suis torturée par l'avenir, par ce qu'il va se passer si je lui dis la vérité, par ce qu'il risque de se passer si je ne lui dis rien…

Ma vie, nos vies vont devenir un véritable calvaire.

Ils sont tellement heureux, ils nagent dans le bonheur ! Ils nagent aussi dans le mensonge et ça me désespère. Est-ce une vie facile, que celle où tout le monde ment à tout le monde ?

Un privé nommé Stanley

C'était une déclaration… mais de quoi ? Pas d'impôt, au moins.…

Le mystère s''épaississait en même temps que mon attirance pour Hannah grandissait.

De retour au bureau, Max m'expliqua qu'Hannah était une espèce d'espionne, agent du gouvernement.

Je n'en croyais pas mes oreilles chastes et immatures. Mais comment savait-il ?

Elle avait laissé un dossier concernant l'affaire de l'Ambassadeur. Nous apprîmes avec effroi que l'Ambassadeur était un traître et qu'il avait mis la bombe lui-même ! Tout s'expliquait enfin ! Affaire terminée !

Aucun rapport avec mon affaire première : encore une fois, ma veuve éplorée allait devoir patienter.

Quand je décidai de rentrer après mon tour des dix-neuf bars de nuit où j'avais l'habitude de prendre un dernier verre, Hannah m'attendait chez moi.

Dans mon lit.

13

Bien sûr, nous allons faire connaissance avec les parents de Stan et Max, avant que Lisa n'accouche. Ils sont revenus de New-York, où ils passent la moitié de leur temps. Je n'en meurs pas d'envie, mais c'est une obligation : déjà huit mois depuis notre rencontre, il est temps d'officialiser nos unions.

Bordeaux est une ville charmante, mais le domaine Ascott est... impressionnant ! Des vignes à n'en plus finir. Je ne savais pas qu'en plus d'un journal, la famille avait des terres et des chaix. Un vin de Bordeaux : le Château Ascault. Le nom a été francisé pour l'occasion, il y a plus de trente ans... Un bon vin, paraît-il, rare et cher.

Les Ascott sont des gens aimables et froids, de la haute société... Je me sens un peu comme une roturière, pire comme une misérable à leurs côtés. Max a annoncé depuis pas mal de temps qu'ils seront bientôt grands-parents. Ce repas est un moment étrange, hors du temps... Je me fige dans un inconfort mental déroutant. Comme si mon cerveau refusait d'en voir plus. Je me mets psychologiquement en retrait.

Max se lève, un verre de Château Ascault à la main :

– Maman, Papa, je voudrais porter un toast à l'événement le plus important de ma vie, excepté ma naissance...

– Allons bon ! Comme il est drôle !

– Alors voilà... Je lève mon verre à la plus belle femme sur terre... après Maman, bien sûr, j'ai nommé la future Madame Ascott, ma merveilleuse fiancée, Lisa !

Lisa est toute intimidée. Elle attend la réaction des Ascott, entre la joie et la peur.

– Maman, Papa, vous allez être grands-parents, vous le savez déjà, mais nous allons aussi nous marier !

Un grand silence envahit la pièce... Stan vole au secours de son frère, comme d'habitude.

– Bravo ! Ça, c'est une super bonne nouvelle ! Je suis ravi ! Vraiment heureux ! Félicitations aux jeunes parents ! Félicitations aussi aux jeunes grands-parents ! Hé, hé ! Hourra aux futurs mariés !

Petit à petit, les sourires reprennent place sur les visages... Ouf ! J'ai failli avoir un malaise ! Je ne comprends pas ce qui les contrarie à ce point.

Madame Ascott brise la glace :

– Non ? Max, c'est vrai ? J'espère que nous aurons l'occasion de rencontrer vos parents, Lisa !

Les voilà papotant de grossesse et de layette, tandis que Monsieur Ascott invite ses fils à discuter en privé dans son bureau. Je ne suis pas invitée. Il se trame de drôle de choses chez les Ascott...

Plus tard, sur le chemin du retour, Stan m'a raconté leur conversation. C'était chaud.

– Il veut un test !

– Quel test ?

– Un test de paternité, pour être sûr que l'enfant est bien de Max…

– Mais il sait bien que Max est stérile, non ?

– Oui.

– Ils se sont dit quoi au juste ?

– Papa a refusé toute liaison officielle entre Max et Lisa tant que le test de paternité n'a pas été effectué.

– Sans la connaître ? C'est un peu rêche !

– Papa est comme ça. Max a simplement répondu qu'il se foutait bien de son avis…

– C'est dégueulasse de faire ça ! Pourquoi il est si dur avec ses fils ?

– Pour remuer le couteau dans la plaie… ? Je ne sais pas pourquoi il fait ça… Pour le mettre en face de la vérité ?

– Mais Lisa ne sait rien, on ne va jamais s'en sortir vivant, Stan, c'est une histoire de dingues ! Max ne doit pas faire ce test, et c'est tout !

– C'est plus compliqué que ça… Papa a demandé aussi à Lisa…

– HEIN ? Et elle a répondu quoi ?

– Tiens-toi bien, elle était toute contente ! Pour elle, c'est la preuve que nos parents veulent le bien de leur fils… « C'est normal » qu'elle a dit ! « Je comprends, je pourrai aussi bien porter l'enfant d'un autre ! »

– Oh, là, là, mais quelle embrouille ! ? C'est qu'elle ne se doute vraiment de rien, alors !

– Papa a ricané... Max est obligé de faire ce test maintenant...

– Non, il peut toujours refuser... Il faut qu'il refuse.

Mais... C'est peut-être la seule manière pour lui de faire accepter la situation à Lisa ?

Un privé nommé Stanley

Bien que je fus bourré et même un peu plus, j'assurai comme jamais.

On discuta une bonne partie de la nuit.

Hannah était une SDF fortunée vivant ci et là, dans des hôtels de luxe. Orpheline, sans toit ni famille, le mieux c'était encore que je l'héberge.

Le temps de régler quelques affaires, elle se pointa un matin avec douze malles, dix-sept valises et un petit vanity case ridicule.

Sans oublier sa collection de flingues. Une vraie professionnelle de la gâchette. Elle allait tout revendre sur eBay.

Elle ne s'étendit pas sur les détails de sa profession et je ne lui posai aucune question. Si c'était son trip de tuer des méchants plutôt que d'aller jouer les bonnes âmes dans les œuvres de charité, c'était son choix, je n'avais pas à juger.

Car j'avais bien compris que c'était une chasseuse de prime, une tueuse de sang-froid.

Mais maintenant, Hannah en avait plus qu'assez de parcourir le monde à la recherche de pourris à abattre. Sa fortune était faite. Elle aspirait à un peu de calme et de volupté.

Bien qu'elle ait eu moins de trente ans, l'âge de la retraite avait sonné.

14

La grossesse de Lisa se poursuit dans un bonheur relatif. Pour eux, tout va bien, ils préparent la naissance, qui sera suivie dans les trois mois par un mariage en grande pompe. Quant à moi, j'ai le sentiment qu'une épée de Damoclès tournoie sur nos têtes et elle n'est pas loin de tomber.

J'ai quand même décidé de me taire. Ces histoires de stérilité et de bébé ne sont pas mes affaires, après tout. Je risquerais de faire plus de mal que de bien… La vérité ? Qui la connaît ? La vie se chargera elle-même de remettre les pendules à l'heure.

Ce matin, nous avons rendez-vous chez le notaire des Ascott. Le résultat du test de paternité sera dévoilé. Nous serons tous ensemble pour assister à la fin des haricots et du rêve, c'est déjà ça, nous pourrons nous soutenir.

Je m'habille en noir.

– Anna, on ne va pas à un enterrement, c'est quoi cette mine ?

– On va droit dans le mur, Stan… c'est la fin. Tes parents vont apprendre que l'enfant n'est pas de Max et…

– Ils le savent déjà.

–... et Lisa va apprendre que l'enfant n'est pas de Max... Et j'y pense : si ça se trouve, c'est Adriel, le père !

– Hein ? Pourquoi Adriel ?

– Pour rien...

Mince j'ai gaffé.

– Non, non, vas-y, explique-moi... Pourquoi tu parles d'Adriel ? Tu sais quelque chose ?

– Et bien... Tu vas me tuer, Stan.

– Accouche.

– Le mot est fort bien choisi... Eh, bien tu te rappelles cette nuit où Adriel est venu, et où nous avons changé de chambres, de lits ? Personne n'avait rien compris et tout le monde s'était trompé, tu te souviens ? Et bien Lisa s'est trompée, elle aussi.

– Anne... ne me dis pas qu'Adriel et Lisa...

– Eh bien oui, voilà. Adriel et Lisa. Dans la chambre d'amis.

– Ce n'est pas vrai, dis-moi que c'est pas vrai...

– Si. Enfin je n'en sais rien, je n'étais pas dans le lit, hein, mais bon... les dates coïncident... Non ?

– OK ! On verra ça plus tard ! En attendant, le certificat de paternité va être négatif. Lisa va apprendre que Max n'est pas le père et qu'il est stérile... et Max va peut-être apprendre qu'Adriel est le père de son futur enfant ? NON, MAIS, ANNE !!! J'en peux plus ! Je vais devenir dingue...

On ne peut empêcher le fou rire qui nous prend... On s'attend à passer un mauvais quart d'heure dans le bureau du Notaire...

Nous faisons le trajet dans un silence absolu et lorsque nous arrivons, Lisa et Max sont déjà là... Elle est resplendissante, la grossesse lui va à merveille. Les parents Ascott arrivent enfin. Ils ne pipent mots. L'ambiance est tendue.

Le notaire est un petit homme rond et chauve qui parle avec l'accent du sud. J'attends le verdict avec effroi, serrant la main de Stan dans la mienne.

– Chers amis, nous sommes réunis ce jour dans cette étude pour découvrir officiellement le résultat du test de paternité en rapport avec la grossesse de Mademoiselle Lisa G. ici présente. Les résultats ont été transmis à l'étude sous scellés par le laboratoire Firmin, mandaté par moi-même et Monsieur Ascott père, ici présent. Il est donc impossible que ces résultats aient été vus par autrui, hormis les experts et laborantins en charge de ce même test et soumis au secret médical. Voici donc les résultats.

L'homme décachette l'enveloppe dans un silence assourdissant... Lisa est confiante, elle sourit. Je l'avais prédit : elle est toujours aussi sexy, même avec un ventre énorme. Max a l'air heureux et je sais d'avance ce qu'il va dire... « Aucune importance, je veux être le père de cet enfant ! » Il assume tout.

Monsieur et Madame Ascott sourient, d'un petit air pincé... Ils savourent en avance l'hécatombe qu'ils ont provoquée et qu'ils espèrent.

Stan ne sourit pas, et moi non plus.

Un enterrement.

Comment Lisa va réagir ? J'en tremble de peur.

– Monsieur Maxime Ascott, Mademoiselle Lisa, ce test de paternité est tout à fait positif... En vertu des résultats certifiés par le Laboratoire mandaté...

Et voilà... tout est fini...

Mais... HEIN ? Comment ça « POSITIF » ? Je regarde Stan qui ouvre grand les yeux.

–... Vous êtes donc légalement le père et la mère de l'enfant à naître. Vous pouvez d'ores et déjà le déclarer et lui donner un nom, même s'il n'est pas encore né... Félicitations ! Au fait, je connais le sexe de l'enfant donc si vous voulez savoir... !

Lisa hurle de bonheur !

Max est figé, comme Stan, comme moi, comme Monsieur et Madame Ascott, qui accusent le coup sans mot dire.

Un privé nommé Stanley

Curieusement, le sang, elle l'avait plutôt chaud lors de nos nuits torrides.

Je laissai tomber la veuve joyeuse, qui me saoulait grave. Hannah la remboursa avec les intérêts.

Je laissai l'affaire et le bureau à Max.

L'heure de la retraite avait sonné pour moi aussi.

Grâce à la revente des armes sur eBay, nous nous installâmes dans une grande propriété isolée, où nous élevâmes des veaux, des cochons et des poules.

Sans oublier quelques petits humains, morphings parfaits de leur père et mère, c'est à dire exceptionnellement beaux et intelligents.

15

La vie est ainsi faite : une piste de bobsleigh où tout va trop vite.

Et où on est content, parfois, de freiner des deux pieds.

Nous ne sommes pas remis de nos émotions, mais nous allons fêter ça autour d'un bon repas, au restaurant.

J'accompagne Lisa aux toilettes : j'ai une question à lui poser...

– Alors future Madame Ascott, tu es heureuse ?

– Je suis... ah, si tu savais ! Je suis pleine de bonheur ! C'est trop la fête dans mon for intérieur...

– C'est quoi cette expression débile ?

Nous rions comme des adolescentes.

– Lisa, dis-moi, est-ce que tu n'as pas eu peur à un moment donné que l'enfant ne soit pas de Max ?

– Et pourquoi j'aurais eu peur ? Je ne suis pas la Vierge Marie, il me semble !

– Justement... Tu te rappelles Adriel ?

– Oui, et ?

– Vous avez passé la nuit ensemble ! Ça aurait pu être le père, non ?

– Ah, ah, *no way.*

– Comment ça « no way »

– N'oublie pas que je n'ai pas bu cette nuit, là, mais lui… OUI. Et pas qu'un peu.

– Et ?

– Et il ne s'est absolument rien passé entre nous !

– Non ?

– Je te jure… Il t'a dit le contraire ? Quel vantard ! Je n'aurais pas cru ça de sa part ! C'est vache !

– Non non, il n'a rien dit… C'est moi qui ai trop d'imagination…

Je comprends tout à coup les mots d'Adriel et pourquoi il m'avait parlé de son amie morte… J'ai honte d'avoir douté…

– Allez, on retourne voir nos hommes ? Ils sont tellement beaux !

Après le repas, dans la voiture, Stan finit par éclaircir quelques zones d'ombre :

– Et non, finalement, Max n'est pas stérile… c'est une sorte de miracle… Il a été aussi surpris que nous deux. On s'est tous trompé. Infertilité n'est pas forcément stérilité.

– Et donc, s'il n'est pas stérile ? Toi… ?

– Moi non plus, certainement !

– Mais Stan… je ne prends plus la pilule depuis des semaines… ! Je pensais qu'on ne craignait rien.

– Et bien, continue à ne pas la prendre, on ne sait jamais…

– Quoi ?

– Tu as très bien entendu !

– J'ai entendu, mais je n'ai pas forcément compris ! Tu sais bien que je comprends tout de travers…

– Anne, Anne, Anne… ma mère t'a trouvée à son goût !

– Ah oui et comment tu sais ça ?

– Elle t'a souri. Deux fois !

– Quel honneur !!

Nous repartons dans un fou rire, ravis, heureux de la tournure des événements.

La vie est bien une autoroute à deux voies finalement : deux voies royales.

L'une pour Lisa et Max,

L'autre pour moi et Stan.

Épilogue

Ils sont trop, trop mignons ! Dans leurs salopettes assorties, ils sont tellement petits !

J'ai eu mon bébé exactement neuf mois après l'accouchement de Lisa. Finalement, Stan n'était pas plus stérile que Max. Lisa a eu une petite fille, Adeline, j'ai eu un petit gars, Norbert.

Le mariage a eu lieu au Château Ascault, en grande pompe comme prévu. Nos familles respectives se sont enfin rencontrées car, ce qui n'était pas prévu, c'est que nous nous sommes mariés aussi, moi et Stan, le même jour. Ce fut grandiose !

Après les noces, Lisa est partie vivre avec Max au Château : il a fini les piges et se consacre désormais à la gestion des terres et des vignes Ascott.

Nous, nous sommes restés à Paris. Je m'occupe de mon fils pour l'instant et Stan a repris le journal.

Il a sorti son premier roman, écrit dans le plus grand des secrets : *Un privé nommé Stanley*, qui fait un tabac en librairie, je suis fière de lui.

Sophie s'est pacsée avec sa petite amie, nous avons été conviés à la cérémonie. Hé, oui, j'étais jalouse, mais elle préfère les femmes…

C'est l'été, nous passons nos vacances en compagnie de Lisa et Max, et c'est un bonheur de voir les deux petits cousins jouer ensemble.

Tout ça, c'est bien de l'amour...
Comme s'il en pleuvait.

Ce livre a été imprimé en Allemagne par BoD

Dépôt légal : dernier trimestre 2017